KB177815

시 삼백 一

시 삼백 一

초판 1쇄 인쇄 2010년 3월 16일
초판 1쇄 발행 2010년 3월 19일

지은이 김지하
펴낸이 강병철
주간 정은영
편집 황여정, 이수경
멋지음 안상수, 배형원, 박찬신, 임여진
제작 시명국
영업 조광진, 김상윤, 김경진
마케팅 박현경

펴낸곳 자음과모음
출판등록 2001년 5월 8일 제20-222호
주소 121-753 서울시 마포구 동교동 165-1
미래프라자빌딩 7층
전화 (편집부) 02-324-2347
(총무부) 02-322-6047
팩스 (편집부) 02-324-2348
(총무부) 02-2654-7696
홈페이지 www.jamo21.net
이메일 erum9@hanmail.net

ISBN 978-89-5707-490-9(03810)
978-89-5707-489-3(세트)

시 삼백 一

詩三百

김지하

자음과모음

차례

시 삼백(詩 三百) 一

시 삼백(詩 三百) 二

시 삼백(詩 三百) 三

땡253　땡 22

땡254　땡 35

땡255　땡 36

땡256　땡 37

땡257　땡 43

뚱258　땡 45

땡259　땡 46

땡260　땡 49

땡261　땡 52

땡262　땡 53

똥263　땡 54

뚱264　땡 55

땡265　땡 56

뚱266　땡 57

똥267　땡 58

땡268　땡 59

땡269　땡 60

똥270　땡 61

뚱271　땡 62

땡272　땡 63

땡273　땡 64

땡274　땡 65

뚱275　저녁의 바람

땡276　앙금산

뚱277　빈터

뚱278　바람의 진리

똥279　물을 찾아서

똥280　삿갓봉 아래

— 서문

이제 이렇게

이제 이렇게 한번 가보자.

어떻게?

시의 한 양식에만 매달리지 말고 여러 양식에
여러 가지 지향을 담아 그야말로 달이 천 개의
강물에 다 다른 얼굴로 비치되 작은 먼지 한 톨
안에도 우주가 살아 생동하도록 그렇게.

여러 해 전 나는 공자가 당대 민초들의 찬가나
정치적 비판 시 이외에도 노래와 이야기와
교훈적인 시들을 엇섞어 '시삼백'의 백화제방을
『시경』으로 들어 올렸음이 당대 문예의 한 방향
제시였음을 기억해냈다.

우리가 가려고 하는 아시안 네오 르네상스는
우선 시에 있어서 또 하나의 '시삼백'을 원하고
있다. 그만큼 다양하고 복잡하다.

먼저 나 자신부터 천태만상이니 어쩌랴!

그 밖에도 목에 힘주고 한마디 하라면 이렇다.

조선조 말 천재 의학자 동무(東武)
이제마(李濟馬)가 이런 말을 했다.

"옛날에는 사람 몸에 그리 병(病)이 많지
않았다는데 요즈음 사람 몸엔 웬 병이 이렇게

많은가? 아마도 지구 자전축이 서쪽으로 기운
뒤부터일 것이다."
천재 의학자의 말이다. 그렇다면 지구
자전축은 언제부터 서쪽으로 기운 것인가?
예부터 동아시아 선비들 사이에는 '천지경위
삼천년(天地傾危 三千年, 또는 二千九百年)'이라는
말이 있었다.
삼천 년 전에 천지가 위태롭게 기울었다는
말이다. 삼천 년이면 바로 주(周)나라
성립 때다. 지구 자전축이 주나라 때부터
기울었다는 이야기고 그때부터 병이 많고
생명이 위태로워지고 천지가 흔들흔들해졌다는
말이다. '서쪽'을 동양 간지학(干支學)에서는
'기위(己位)'라 부른다. '기위'란 간지에서는
'대황락위(大荒落位)'라고 부르는 그야말로 지옥
같은 '밑바닥'이다.
'밑바닥'으로 축이 기울었으니 병이 안
생기겠는가?
제3의 역(易)이라는 19세기 한국의
'정역(正易)'은 후천개벽이 시작되면 바로 그
서쪽의 '기위'로 기울었든 지구 자전축이 본래의
위치인 지구 북극의 태음(太陰: 대빙산 지대)
방향으로 복귀 이동한다고 했고
또 그것을 '밑바닥이 임금 자리로
되돌아온(己位親政)'이라고 이름 지었다. 그리고
이때에 수천 년 동안 한 번도 정치 주체 노릇을
못해본 밑바닥 민중, 즉 '이십대 미만의 어린이와
여성, 그리고 쓸쓸한 소외 대중'이 정치 전면에

나서는 '십일일언(十一一言)'이라는 사태가
나타난다 했다. 이때에 바로 노자(老子)가 말한
'무위정치(無爲政治)' 즉 '화백(和白)'이라는 '직접
민주주의'가 시작된다고 했다.
나는 2008년 시청 앞 촛불사태를 그것이라고
보는 사람이다. 2004년의 '쓰나미',
즉 26만 명이 한꺼번에 죽은 인도네시아
대해일이 지구판·해양판의 대충돌이고 그
충돌의 원인이 지구 자전축의 북극 이동이기
때문이다(『중앙일보』 2010년 3월 3일자
'나사'의 발표 내용).
올해의 아이티 지진, 칠레의 지진 등이 다같이
바로 이 지구 자전축의 북극 이동(8센티미터
이동) 때문이다. 이런 내용을 나는 역시
2009년 초 나의 촛불 시집 『못난 시들』에서
밝혔고 그때의 '십일일언'을 '밑바닥들의
후천개벽'으로 들어 올리려 애쓴 바 있다. 전혀
이해가 안 되었고 '후라이'라고 '미친 놈'이라고
매도되었다. '나사'가 '후라이'나 치는 '미친 놈
단체'인가?
그런데 그 지구 자전축이 서쪽으로 기운 삼천
년 전의 계기가 바로 주나라 성립 때다. 철기
문명, 농업 문명, 봉건 정치, 가부장제도, 중화
제국주의의 시작이다. 그리고 공자는 바로 이
시기의 중국 문명의 위대성을 '시경(詩經)'을
시삼백(詩三百)으로 높이높이 들어 올렸다.
이른바 '여성, 어린이, 소인, 오랑캐, 백성,
중생'을 밑바닥으로 처박아 멀리 귀양 보내고

그들 위에 군림하는 '군자와 제후와 천자와
중국'과 함께 주나라 통치자인 주공(周公)의
친위부대인 '다남조숙인(多男朝肅人: 수많은 남성
어른들)'의 윤리·도덕을 하늘같이 들어 올린
것이다.
바로 그것이 뒤집어지기 시작한 것이 바로
쓰나미요 아이티 지진이요 칠레의 대해일이다.
이른바 '천하지하(天下地下)'인 밑바닥 욕쟁이
김지하의 '시삼백'이 안 나오고 배기겠는가?
시경(詩經)이 아니래도 못난 밑바닥들의 후천
화엄개벽 귀거래사는 있을 수 있지 않은가!
아닌가?
새로운 시대, 새로운 문명 앞에서 나타나는
새로운 시는 쓰는데도 용기가 필요하지만
읽는데도 역시 큰 용기가 필요하다.
시커멓고 더럽고 쌍스럽고 욕투성이임에도
전혀 그와 반대로 한없는 숭고와 심오와 새로운
근원적 생명력, 우주 생명력의 '서기(瑞氣)'를
추구하고 있는 '흰 그늘'이기 때문이다. 내가
목에 너무 힘줬나? 허허허허허.
그래 내 좋아하는 문학이론가 홍용희 교수에게
어느 날,
'당신이 공자 노릇을 해라. 내가 민초 노릇을
하겠으니 한번 내 뒤죽박죽 시작들 속에서
시삼백을 건져내보라!'
그래서 나의 수백 편의 최근 시편들을
이야기〔賦〕, 노래〔興〕, 교훈적인 것〔比〕, 풍자〔諷〕,
초월적인 명상〔神〕의 다섯 가지 양식으로

먼저 홍 교수가 갈라냈다. 그런데 홍 교수의 '시삼백'을 내가 다시 검토하면서 내 자신이 오히려 크게 놀라게 되었다. 물론 홍 교수가 손댄 원고 뭉치 이외에도 수많은 시고들이 그 밖에 또 있어서이지만 좌우간 '부, 흥, 비, 풍, 신' 말고도 무엇으로 갈래 짓기 힘든 매우 복잡한 지향의 컴컴한 새로운 양식적 움직임이 여기저기서 마구니 같은 혀를 날름거리고 있어서다. 하기야 지금 이 글을 쓰고 있는 자리가 이전의 내 삶터와는 많이 다른 이른바 '배 부른 산 무실리(無實里)'이니 그러기도 하겠지만(공자의 '시삼백'은 그가 위나라에서 노나라로 돌아가면서 쓴 것이다) 어쩔 수 없이 나는 '시삼백'의 구성을 새롭게 결단할 수밖에 없는 지경에 이르렀다.

홍교수가 갈래 지은 이백 편은 그대로 '부, 흥, 비, 풍, 신'으로 나아가되 그 밖에 백 편 정도는 다시 우선은 세 가지로 크게 나누어 조금 애매한 말이지만 '땡', '똥', '뚱'으로 이름 붙여 재구성하기로 했다.

'땡'은 물론 우리 집 고양이 김막내의 별명으로 '중생시(衆生詩)'의 양식이고, '똥'은 좀 구린내 나는 상상력의 영역, 이른바 흰 그늘이 조금 심한 편을, 그리고 '뚱'은 세상이 마음에 안 들거나 사는 데에 영 재미가 없는 그런 차원을 지적하는 것이겠다. 앞으로 이러한 지향이 다시 어떤 특정한 장르로까지 정립되고 미학적으로 제대로 발전할 것인지는 지금으로서는 난 잘 모르겠다.

그러니 백 편 위에 그저 '땡', '똥', '뚱' 세 마디와 역순(逆順)의 집필 번호와 제목만 붙인다. 결과와 효과가 무엇이 될 것인지는 전혀 자신 없다. 다만 지금 우리의 삶이 무척이나 더럽고 지저분하고 시커멓고 또 복잡, 다양해서 어떤 형태로든 그 밑에 참으로 순결한, 쌔하아얀 하나의 큰 흐름이 있기는 있겠지만 결코 획일적으로 묶어서 그 무슨 '게놈' 따위 '촌놈짓'을 하기는 어렵다는 판단에서다. 다시 말하지만 게놈은 분명한 촌놈짓이다.

한마디 잘라 말한다면 이 세상과 삶은 역시
갈 데 없는 '월인천강(月印千江)'이고
'만년지상 화천타(萬年枝上 花千朶)'이니
역시 갈 데 없는 개체 융합(identity fusion)이고
'내부공생(Endosymbiosis)'이다.

시문학에서만이라도 기괴한 에코 파시즘은 애당초부터 촌놈 취급하는 쌀쌀맞은 시민적 새 세대적인 날카로운 눈치가 있어야겠다.

이 자리에서 분명히 잘라 말한다. '게놈은 촌놈이다.' 뻔한 수작 아닌가! 한우 고기까지 유전자 게놈이라니! '더러운 짝퉁!'

이렇게 말하는 것이 참 문예부흥이고 입고출신(入古出新)에 의한 바람직한 모심의 세계문화 대혁명의 첫 길일 터이다. 진정한 우주 생명력에 입각한 참다운 용기가 우리 모두에게 필요한 거대한 전환기다.

그렇다.

이제 이렇게 한번 가보자.

물론 어수선하겠지만 수운(水雲) 선생 가르침에도 '밝고 밝은 이 개벽운수는 각각 제 나름 나름으로 밝히라〔明明其運 各各明〕'란 내용이 있으니 한번 진중하게 고려해보기로 하자.

고양이에게 책을

고양이
우리 집 고양이
땡이는

늘
서가의 책을 바라본다
책보기가
버릇이 되었다

다른 일 하다
언뜻 고개 돌려보면
땡이는 하염없이
그 수많은 책들을 하염없이
바라보고 있다

내 가슴이
그때처럼 둥둥둥
뛰는 적 별로 없었다

재재작년

네이처지에서
마이클 위팅의 보고서
'재진화'를 읽고 나서

텔레비전 E채널,
'세상에 이런 일이'에서
고양이가 병든 강아지를 안마해주는 장면을
장면 아니라 사건이다
그걸 본 뒤부터다

둥둥둥
심장이 뛴다

끝났다는 진화 재진화가
지금 진행되고 있는 것이다

그렇다면 세계는
인간은
어찌 진화할 것인가 문제다

고양이가 책을 저리도 그리워한다면
아
저리도 큰 동경에 가득 찬 눈으로
늘
서가를 보고 있다면
(지금도 그렇다 시를 쓰고 있는 바로 이 순간에도
흘낏 바라보니 땡이는 책들을 바라보고 있다. 아!)

아!
개벽이다.

화엄개벽은 이제
고양이에게서,
곤충 겨드랑이 날개에서

단순히
외딴 섬 원숭이의 물에 씻은
고구마 사건에서
아시안 네오 르네상스
그리고
전 세계 문화대혁명
발 플럼우드의
인격·비인격, 생명·무생명
모두를 거룩한 우주 공동 주체로
들어 올리는 지극한
모심으로
모심으로
문화와 생활을 대변혁하는
문화대혁명 없이는

아시안 네오 르네상스로
우리 스스로의 옛날로부터
바로
참 모심을 배워
앞으로 앞으로 앞으로

그
혁명을 밀어가지 않으면

2012년
그것으로 끝나는 마야달력의
검은 저주
대종말

그뿐
나는 오늘 고양이에게
(다시 돌아보니 땡이는 나를 보고 있다. 땡이는
우리 집 막내. 김막내다, 아비를 보고 있다. 왜?
어깨가 무겁다.)

오는 세상은
유리(琉璃)라
용화(龍化)라
화엄(華嚴)이라 미륵(彌勒)이라 말해준다
무량후천세계(無量後天世界)라 그리 말해준다

그 세계에서
땡이는
춤추며 노래할 것이다
말을 할 것이다
신기(神氣)의
화엄(華嚴)의
그전에 두 개의
활이 서로 다른 동쪽 서쪽으로

달리는
아리따운 저 중생부처의
계룡(鷄龍)의 시를 읊을 것이다

나는 안다
이 일이
절대로 캄파넬라나
그 비슷한 마르크스의 꿈 따위로
이루어지지 않음을

나는 안다
이 일이
고양이 혼자서 이룩할 수 있지 않음을

나는 그리고 똑똑히 안다
지금 내가
그 땡이 어머니
그 땡이의 자애로운 어머니

한 배 안의
한울님
그 부처님을

마야부인처럼 모셔야 모셔야만 비로소
시작된다는 것
지금 그것이
시작되고 있다는 것
바로 지금 여기에서

그것이 진행되고 있다는 것

땡이
나의 딸
김막내는 지금

서가에 높이 꽂힌 나의 시집
'화개(花開)'에서 다음 구절을 읽고 있다는 것
나는 안다

여기서 저기까지는
아무것도 없다
바람이 불고
꽃이 핀다
그 꽃의 얼굴을
이제 신선의 흰 수염 난 땡이가
말한다
'나의 모든 지난날
짐승의 날들을
거룩하게
드높이라고.
그것은 다름 아닌
대해탈의 대화엄의
개벽의 역사'라고.

나는 안다
이것을 안다

그리하여 오늘 아침

이제
그 개벽의 길을 마침내 말하자고
누군가
나에게 제안해오고 있다

새로운 진보
다름 아닌
참 중도의 길

화엄개벽의
모심의
그 길

그 음개벽(陰開闢)의 길을.
(고양이는 내 시선 안에 지금 없다. 땡이는 우리
막내는 이미 이제 고양이가 아니다. 부처님
비로자나(毘盧遮那) 부처님의
저 아득한
공(空)이다.)

고양이에게
책을 주자.

지금
여기

가장 아름다운 시들을 주자

그리하여
우리의 부모 책임을
힘 있는껏
힘 있는껏
다하자.

암호문자

증산을
처음 감옥에서 읽을 때
현무경(玄武經)이 들어오고
현무경의 그 우주 후천개벽의
로드맵이 들어와 구역질을 일으키고

뒤를 이어
한자로 쓴
암호문자가 내게
기괴한 불쾌감을 가져왔다

어느 날
원주집에서
술김에
현무경을 갈갈이 찢어
방구석에 내팽개치며

다시는
증산 근처엔
안 가겠다 맹세했다

그런데
어제 낮
강남 삼성동
스튜디오에서
한글 크립토그람 전문가
안상수(安尙秀) 선생을 만나

강증산 한자 암호문자를
한글 크립토 사이사이
섞어 쓰는 픽토그람으로 개발해보라
조언하고

돌아오는 길
한강 위에서
멀리 나는 새떼를 보며
이 길은
아득히 먼 용화(龍華)의 길
고판례(高判禮)와
숱한 마당녜 부엌녜
뒷방녜들 샛별
갈퀴 엄마들의
길

그 길 열어가는 열쇠들의
신호체계

어째서
증산 이야기가

우리 원보 이야기 뒤에야
스스럼없이
떠오르는지를 이제 와
한참 세월이 흐른 뒤 이제야
오는지를
알겠다

원보가
디지털 화엄학과 디지털
신화학으로 디지털만 아니라
아날로그까지 합쳐서
우주 후천의

대화엄개벽의
신호체계를 발신할 때가
왔구나

이제야 알겠다

우리 원보
그리고 우리 세희가

저희 엄마
구파 마야의 김약국의 딸
그 어둠 속에서 나온
복승(復勝)인
저희 엄마가

이제야
때를 얻어
저 하얀 새떼들 날아가는
머언 피요르드의 북극 바다 근처를
미소로 걸어가는
그때에
와

이제야 증산의
암호가
때를 얻는 이유를 알겠다

원보는
내일
새 강의를 열겠고

세희는 내일 영국 런던의
하이버리에서
새를 그리겠구나

때가
그렇다.

서럽고 서러운

서럽고 서러운
유년의 한때

아빠는 도망다니고
엄마는 아빠를 찾아
전국을 헤매고

나는
고향을 좋아하고
마당의
작은 꽃을 좋아하던
나는
끌려다니며
끝없는 멀미에 시달리고

그래
돌아갔으면 좋겠다고
고향으로
돌아가
거기

그냥
그렇게 살았으면 좋겠다고

그랬지

그러나 나의 여로는
끝이 없었지

할머니가 한때

넌
나랑 함께 살자

해도
난
그럴 수는 없었고

끝없이 끝없이
터지는 데모에
끊임없이 끊임없이
누르는 테러에

한도 끝도 없이
들어가는 경찰서에서
아빠는 맞아
들려 나오고

엄마는

되레
외가로 달아나버리고

나 혼자

빈 마당에서
새를 그렸다

새

그림

바람과 눈물

나는 그림 없이는
살 수 없었다

그 그림을 못 그리게
그림 그리면 배고프다고
못 그리게

내 손을
이어서 숯을 끼고 그리는
내 발가락까지 노끈으로 묶어놔

버렸다

버리고 나서 육십 년

이제껏 포기했었다

지난해
엄마 돌아가신 뒤

어느 날 밤

잠은 오지 않고
밤새도록 내 마음은
울부짖었다

그림을
그리자

그림을 그림을 그림을
그리자

꽃을 새를 바람을
눈물을

그리자
그리자

아
나는 살아나기 시작했으니

아
그 육십 년을 나는

죽어 있었으니

이젠
누가 와

당신 체포합니다

소리 해도
조금도 겁나지 않는다

그림만
곁에 있다면

나는
불사다

내 아이들 둘 다 그림 그리고
내 아내도
그림 그리고

우리는 다아 그린다

난
이제
더 이상 바랄 게 없다

아마도 내 마지막 꿈은
늙어서

꼬부라져 늙어서

이 세상에서
가장 가장 거룩한
춘화도
한 잎

그리다 가는 것

이 세상에서
가장 가장
이 세상에서
가장 가장 숭고하고 심오하게
그리다 그리다가

숨져가는 것

가며
빙긋
미소 짓는 것

아홉 살 때
새 그림 회벽에
발가락 사이 숯을 끼고

엄마 몰래 그리고 나서
혼자 웃던 그 미소를,

손을
느을
노끈에 묶여 있었으니까

바람은 내 머리 위 불고
눈물은 내 뺨을
흐르고

하늘은 저 머얼리서
푸르고
푸르고
새푸르르고

그리고.

강토봉재

내 할아버지가 누군지
그 윗대
증조부가 누군지

아무것도 모르고 사는 게
오늘이다
당연하다

나는
족보주의자가 아니다
유전자 결정론은 더욱이 반대다

한 여름 날

통영에서 한 호텔방에서
열두시 넘어
잠은 오지 않고

창밖에 기이한 밤바람 소리
똑 내게 손짓하는 듯

이끌려
나가

그 한밤에
진주로 진주 지나 익산으로
내내 달리며
택시 속에서 내내
캄캄한 이 거리
나 여기 왜 왔나
옛
윤복희 노래를 중얼거리며 갔다

익산
한 외로운 모텔에서
밤새 뒤척이며
왜 나 여기에 있나
왜 날 이리로 이끌었나

묻고 또 묻지만
알 수 없었다

아침
푸르른 아침

가까운 그쪽 아우들
둘과 함께
증조부 사시던 김제군
봉서마을로

갔다

거기
웬 커다란 새 한 마리
궁구한 옛집 안에
웅크리고 있고

거기
웬 작은 흰 할멈
곁에
앉아 있고

거기
그 곁 작은 미루나무집
빈집

그 속에서 천천히
증조부와 젊은 옥삼할아버지
내게
말 걸어오기 시작한다

너는 이제
부처님께 가서
우리 우리
쬐끄만 민족
조선놈의 붉사상을
우습게 보지 마시오

우리 우리
단군
개벽꾼
제일 우주농사꾼
수운 해월
다아
우습게 보지 마시오

함께 팔짱끼고
먼 길 한번 가봅시다

그래라

그래
그러마 고개 끄덕이고 나서
증조부 돌아가신

아니지
숨어 계시다 동학 재건운동 하시던
칠산바다 환히 보이는
마라난타 오르던

옛옛
백제 불교의 땅
지금은 거대한 불교 성전 들어선
주아실 짝띠
그 뒤편
두 그루 미루나무 밑

숨어
눈썹에 손을 올리고 칠 년을 내내
주아머리 벼랑길 돌아
포졸 오나 포졸 오나
살펴보다
어느 날

영광에서 광주 나가는
어둑어둑한 고갯길
강토봉재에서
칼 맞고
돌아가셨네
돌아가셨네

손에
웬 조끼가 한 벌
쥐여 있어
옥삼할아버지
끝끝내
추궁하고 추궁하고
끝끝내 뒤쫓았더니 마침내

한 옆집
동학동지 중

화엄이니 부처니 절이니
개소리 말라
동학은 죽창 들고

일어서 뒤집는 것
목탁 같은 엉터리 타령
그만두라
그만두라

악써
지랄하던 동학동지 한 사람

그리고
주아실 주막
한 여자 곱살한
한 아낙 뒤봐주던
한 한량
눈빛
시커먼 괴물 도붓장수

함께 칼로 일곱 번 찔렀다지
그게 조끼야
그들 중
한 놈의 조끼
그거야

돌아오는 길
머언 미륵산 바라보며
한숨 속에서

증조부 부탁하신 그 말씀
부처님과 손잡고

화엄개벽
조용히
평화롭게 이루란 말씀

그 길 가다
또 한 번
내 나름 강토봉재
나 죽어도
강토봉재 위
푸른 하늘
나 죽을 때
더욱 푸르리란

그 생각
했지

돌아오면서 돌아오면서

지금은 중국 가고 없는 두희
내 아우에게
말했지

나 감옥 나올 때
아사히 신문기자 왈
‘당신 사상의 현주소는 어디요?’ 했을 때

내 대답은
‘사상은 눈이다

내 동자는 동학이고
그 망막은 불교다

너
내 곁에 있어
주아실 칠산바다 너머
언젠가는
궁궁화엄의 부적 하나

쓰촨성
한
어여쁜
젊은 시인에게 가 전해라
그녀가
이제
세상을 구할 것이다.'

어느 목
주막에 앉아
막걸리 대신 사이다 한 잔에
나직이
노래 부른다

부용산 오릿길에
잔디만 푸르러 푸르러
솔밭 사이사이로
회오리 바람 타고

통영의 어젯밤
나는
저 미륵섬
한 위대한 작가의 무덤 앞에 가
부용산 노래
부르려다

못 갔더니라
못 갔더니라

이제도 못 갔더니라 못 갔더니라

가는 날
내게

누군가 이리 말할 것이니라

당신은 너무 예뻐서
꽃들이 비켜요
당신은 너무 빛나서
별들이 시새워해요
고개를 떨구세요
새들이 노래하도록
가슴에 손을 얹고
가만 가만 걸으세요
이제 머언 바다에서
물결들 물결들이
미소 지을 거예요

익산을 거쳐 전주를 거쳐
서해안 고속도로로 일산 고양 노루목
내 집에 돌아와
한밤

가만히 목을 냉수 한 잔에 축인 채
달싹인 입술에

푸른
글씨 하나 새겨진다

화엄개벽의 길
그 길을 모심
나의
운명
내 집안의 피투성이 명운

아아
푸르른 푸르른
강토봉재 위의 새푸른 하늘아

노사나 주점

화개장터
쌍계사 가는 길의

단야식당은

아름다운 여주인이 미소로
옛 개벽형평가
김단야를
떠올립니다

단야는 내 이름이기도 합니다

한때

나는
마르크스 레닌주의를
혁명 선도라
그리 불러
스스로
행동하는 것 이외에

주둥이 까는 건 도리어
반동이라고까지
인식

그리 실천했으니까
단야는
붉은 단 닭을 야
거기에
호된
제련을 뜻하는 쇠금이 앞에 붙어

네
그랬습니다

짧은 한때
시월혁명 뒤 오월 쿠데타 뒤
그 한때.

그 뒤 나는 푸를 청 흐를 강
원주분 만나
꿈 몽
해 양
여운형 노선으로 갑니다
지금
뒤돌아보니

역시 단야의 길

다만 단야식당의 그 아름다운
여주인의 길

개벽
형평
혁명
그리고 해방

그러나 이 모든 길
가는
길

한없이 한없이
지리산 화개
쌍계사 어산 범패 찾는
한없는 손님들
지극정성 모시는
아름다운 여주인의
길
그것은 단야가 갑오 패전 뒤
구례 화엄사 숨어
불목하니 하면서
화엄선도
부지깽이 부지깽이로

새야 새야 파랑새야
노래 노래 부르며
수련했으니

다름 아닌
일컬어
화엄개벽선

내
한때 지리산에서
삼천포 정동주 만났을 때
왈

'너 빨갱이지!'
답
'아니다. 난 노랭이다'
'왜?'
'빨갱이 뿌라스 퍼랭이 뿌라스
노랭인데
삼태극이니께
노랭이가 몽양 여운형의 길이니께!'

그때
지리산 반야봉이
멀리서 한 말씀

'허허허허허
같은 패로구나!'

그 뒤
세월 흘렀고
그 뒤 그 뒤

오바마 힐러리가
평양까지 파발마 보내

조선천지
싯누우런데
여기

삼태극 하나
화엄 뿌라스 개벽 뿌라스 선 뿌라스
화엄개벽선
숨은 것 드러나는 복승(復勝)
그것
오고 있어

오늘
화개장터
못생긴 아우들
못난이 대회 벌이는 데 왔다가

단야식당
멀찌감치 건너다보며

사이다로 한 잔

꽃피는 화개를 몽땅
노사나 주점으로
이름 짓는다

화엄개벽선 못난이 노래춤판의
어수룩한 어스름한
남조선
난장

그래
잘해봐라

너희가 촛불이다.

곤충의 작가에게
— 심정수 형 앞

당신에게
내가
당신이라 부를 수 있는
이 기쁨을
당신은 아십니까

당신이
그때
그 밤길에
내게 하던 말
마지막
마디

'제가…… 제가……'
무슨 소리였지요?

마치
당신 작품
아직은 미처 보지 못한
곤충연작으로부터

들려올 듯한
그 말
'제가…… 제가……'
무슨 뜻이었지요?

나는
나에게
가끔
당신 닮자고 충고하곤 하지요

아침 아니요

실제로 당신만큼 물질을
곤충 같은
미물을

아끼고 관심 갖는 작가
아마도
미술사에서 처음이지요

당신
성공한 것 같아

자신 가져요

친구

내가 당신 친구인 것

기뻐

안녕.

2009년 1월 28일 새벽 6시 일산에서

오고 있는 저 차

차가
내 마음에
들어온 적은 없었다

차가
인생 안에
그리 컸던 적도
없었다

모두가 아내 때문인데

첫번째는
약혼식 때
아내의 친척 오빠가
부산서 차로 올라오다
늦어
걱정했던 것

두번째는
시커먼 한 나쁜 놈

친구란 놈이
아내를
차로 밀어버리려 했던 것
나 죽이는 데
가담 안 한다고

세번째는
아내가
운전을 배우러 다닐 때
심하게 반대했던 것
그럼에도 그 뒤엔
내내
신세 졌던 것
우스워

차가
어느 날 내 안에
따스한
한잔
녹차처럼도 왔다

세희와 원보를 뒤에 태우고
아내가 운전하며
휘경동 갈 때
할아버지 만나 진찰하고
웃으며 이야기하며
집으로 돌아올 때

아

당신들은 아는가

그것을

그 끝없는 어둠 속에서 눈물로

가슴속 숨죽인 핏빛 눈물로

내가

갈망했던

장면

그 장면들을.

나는

지금도 기계치

컴퓨터도 팩스도

텔레비 전기난로 가스레인지

그리고 차

모두에 서툴다

역시

어릴 적

연장 많은 우리 집

연장만 연장만 갖고 놀 적에

기술자 되면

밥 굶는다

혼나고 혼나고 또 혼난 탓

누군가

일본인은
Eco-Ethica라
물건을 모시라 했고
그보다 훨씬 전 해월(海月) 선생은
경물(敬物)이라
연장을
한울로 모시라 했다

그러나 나는 이제껏
차를 모실 줄 모른다

다만
내 식구들이 화목하게
웃고 떠들던
그 차 속의
기억

그것만이
나를 차에게 데려가
마음 깊은 곳
조금씩
모시게 한다

될까
이 생태학 시대에 생명 위기의 때
차를
모셔도 되는 걸까

단지 핑계만은 아닌
위험은
있다

작은애 세희마저도 운전면허를 땄다
큰애 원보도 가까운 날
그렇겠지

나는
차맹
컴맹이듯이 차맹

그래
이제 알겠다

모두 다 핑계다

남은 건
가부장 의식
손님 의식
소비자 근성

남이 운전하는 걸
그저 뒤에 편히 타고
편히 돌아다니는 버릇
그 버릇
못 버리는 것?

아니길 바라건만
그렇다

그런 걸 어쩌랴

아아
어쩌랴

예순아홉
이
늙은이 파파 나이에.

그러나 그러나
새벽 먼동과 함께
내 눈
저쪽에서 지금 이리로
오고 있는 저 차
저 차는 누구의 것
왜 오는가?

아내는
늘 내게 주의시킨다
차 조심하라고
왜?

왜 왜 왜?

나의

강토봉재?

나의 감옥 때
미도파 앞에서
자기를 덮치려던
그 해괴한
차

차를?

오고 있는 저 차를?

화엄개벽의, 그 개벽의 길에서

내가 이제
나부터 이리저리 하리라
흔히 쓰는 이 말을
그만
접는다

지루하다
안 지켜지는 건 고사하고
반대로 가니까
그냥 놔두기 한없이 지루하다

내내
재미없고
행여 엎어터지기 쉽도록
위선적

위선적인 것
잘못이다.

내 한때

개벽이란 말
한마디에서도

심한 추상성을 느껴
늘 허겁지겁
혁명을 앞에 붙여 보강했더니

이젠
화엄까지 앞에 붙어
한없이 지루한 것 또한
피할 수 없다

내가
참으로
개벽을
알기나 하는 것일까

내게 누군가 와서
개벽은 개뻑
개벽은 계백
개벽은 개떡
개벽은

개벽은 또 뭣이라고
그리 말해도
할 말 없다

난

아직도
개벽의 사전적 의미조차
잘
모르기 때문이다

지난날
우물가에서

한 여인이 개벽 이야길 하다가
누가 이 지방의
개벽꾼이냐 묻는 질문에 이렇게
대답했단다

지하다
김지하다
노겸 김지하
본명은 꽃 한 송이 영일(英一).

또는
미학자로서의 아호는
묘연(妙衍)

'흥! 이름만 개벽이로구먼!'

누구의
말이었을까?

내가 존경해 마지않는

저어
해월 최시형 선생의
넋이
내뱉은 한마디다

오늘
서력 이천구년
이월 오일 새벽 세시 사십분

아직 졸리운 눈으로
한울로부터 오는
내 마음 깊숙이 감추어진
옛 우물
한 마음으로부터 오늘

한마디를 적는다
이리 적는다

나는 이제부터
열 개 피할 벽을
생각하지 않는다
꽃으로 장식한다는 화엄
그 화엄에 별다르지 않은
그런 개벽을
생각하지 않는다
이제
내가 믿고 실천해야 할
일체 여성에 대한

철저한 모심
그 존중부터 생각한다
보라
지금 이 순간
내 마음을 배회하는 아람
그 여자의 전화 목소리
그 목소리가 내게
주고 있는 기억은
그 여자의 커다란 젖가슴뿐
혹시나 혹시나
그 여자가 내게
사랑을 원하고 있는 것 아닐까
내 앞에 제 스스로
미소 짓는 것은 아닐까
아
그렇다!

시계를 보니
네시 가깝다
또 잘까
자지 않으면 안 될까
정말
그래야만 하는 것일까.

바람이 분다
모셔야겠다.

오히려

시청 앞
촛불은
어린이가 켰다

이스라엘 폭격으로 죽은
구백 명 가운데
삼분의 일은
어린이

유대인 자신들조차도 욕을 한다

유엔은
미국 말고 열네 개 안보이사국
전원 찬성으로
중단 요청까지 하는데

이스라엘은
가자 공격을 오히려
더욱더 강화한다

오히려.

미네르바를
잡아간 엠비정부에 항의하여
어린이와
아주머니들과
쓸쓸한 아저씨들이

또
여기저기서
촛불을 켠다
오히려.

거룩한 잔
성배의
중심이동이다

현대 서양의
최고 신비주의자
영성대안학교 발도르프의 창시자
루돌프 슈타이너
왈

인류문명의
대전환기엔
새 삶의
원형을 제시하는
성배의 민족이

반드시 나타난다 했다

로마가 기울던
지중해 시절

그것은
이스라엘

그때보다
훨씬 더 근본적인 전환기 지금
그것은 누구인가

그것은
오히려
시청 앞
촛불

나는 안다

미네르바가 그 예언자임을.

미네르바는
반드시
캄캄한 밤에만 내리는
올빼미니까

오히려.

시 2009

시 2009
올해의 시다

나
오늘
너무 흥분해
계속해서 아홉 시간이나 내리
떠들었다

그것은
세상에서 제일 어려운
화엄학
개벽학
진화의 생명학 그리고
모심의 윤리
여성 주체의
신화

더 이상 할 말도 없다
더 이상 떠들어댈 흥미도 없다

고향에 와
이처럼 크게
또
크게
내 속에 쌓인
불만과 울분을 노골적으로
내 생모까지
싸잡아
비난하면서

그래
그래본 적은
이제껏
내 인생 어디에도 없었다

가없는
내 마음속
떠가는 흰 구름 한 송이

꼭
내 어미 같아
불쌍한 내 어미
나의 생모

삿갓봉 밑에 흩어져 사라진
내 생모 그 한 몸 쪼각 같아

쓸쓸하다

다른 것 아니다
쓸쓸하다

누구는
고향이란
모정이요 어미의 품이요
옛
어릴 적 어미의 젖가슴
그 따뜻한 체온이라 하는데

나
오늘
이 땅에
이 저항과 한숨과
커다란 커다란 몽상의 고향땅에 와

어미를 저주하며
고향을 비판하며

욕으로 쌍소리로
나 자신의 운명을 나무란다

나 이제 어디에 서야 하나
갈 곳은 없다
나 이제 누구를 의지해야 하나
아무도 없다
나 이제
발길을 돌려

참으로 참으로
지향을 돌려

내 땅
나의 참된 땅
진정한 나의 고향
복승(復勝)의 밑바탕

한 편의
짧은
서정시로 돌아간다

여기
외롭다

모든 이들이 나를 욕할 때
진정 욕심 없는
내 마음의
발길

한 줌
허무로 향한다
허무
그것은 신의 이름 부처의 바탕

나 이제 참으로
입술을 닫고

네게 돌아간다
짧은
밤인사 뒤

저 경박하기 짝이 없는
여인들의 헤헤거리는
소갈머리 없는
웃음소리 웃음소리
뒤로하고

내 아내와 내 딸 막내와
두 아들이 기다리는
노루목으로 가리라

내일 아침
순서가 끝나면
뒤도 안 보고 가리라

가며
차 속에서라도
한울에
기인 뉘우침 바치리라

내가 나에게
가장 충실한 시간은

여보
그리고 애들아

또 막내 땡이야
내 딸
고양이

들어라 내 시간은
홀로 먹방 등탑에
촛불을 켜고

공부하고 깨닫고 시 짓고 그림 그리고
그리고 그리움 없이 목적 없이 회한도 없이
진리 그 자체에
젖을 때다

그 밖엔
없다

잘 있거라 고향아
내 내어머니

안녕 다시는 다시는 돌아오지 않으리.

묘연(妙衍)

나는
이제껏
잘못 살았다

나는
이제껏
내가
멍청하고 바보인 줄만 알았다

나는
그렇지 않다

그것을 이 푸르른 새벽
이 텅 빈
작은 아파트 귀퉁이
머쓱한 얼굴로
깨닫는다

내 안엔
참

우주가 살아 있다
내 안에
태초의 우주무의식이
지금도 생생히 살아
오늘 아침
무엇을 할 것인지
오늘 낮 밖에 나가
무슨 일을 어떻게 할 것인지
가르친다

예감으로 가르친다
고양이 울음소리로 가르친다
밥알 속에 끼어든 돌멩이 하나로
김치 신김치
쉬어빠진 미역국 맛으로

가르친다
내게

누가 무엇을
가르친다는 것은 누가 무엇을
누구에게 준다는 것

이
험악한 장바닥 세상에서
준다는 것

아

준다는 것.

나는
이제껏
잘못 살았다

나는
이제껏
내가
멍청하고 바보인 줄만 알았다

나는
그렇지 않다

내 마음 안에
내 몸 안에
아주 먼 옛날부터
학교가
있다

그 학교는
샘물

생명의 샘물

나의
참 스승이다

이제
푸르른 저 먼동 앞에 나아가

가슴을 활짝 펼 수 있다

만물이 가고
만물이 새로이 시작하는
이 알 수 없는
개벽의
때

내가 어찌해야
내 안에 하늘과 땅과 사람들과
벌레와 풀과 흙
물
공기
햇빛과 바람

나의 막내
고양이 땡이와

서로 사랑하며 살 수 있는지를

이
무서운 개벽의 때를

사랑과 자비의 때로

새로이 시작할 수 있는지를

깨닫는다

모두 다
나

나라는 이름의 첫 샘물이요
참 스승이다

내 몸속의
촛불 켜지는 곳

회음(會陰).
거기다.

머리꼭대기가 천만 아니다
아랫도리 어두컴컴한
저 서러운
구멍

북쪽이다
그 그늘진 북쪽에 남쪽의

눈부신
흰빛 켜진다

오늘이다.

사천여 년 전 옛날

조상들의 책

천부경에서 오늘

그것을

안다

묘연(妙衍)

만왕만래(萬往萬來)

태양앙명(太陽昻明)

인중천지일(人中天地一)

미묘한 것이다

신은

뇌 안에 내려와 살아 있고

삼일신고(三一神誥)의

신강재이뇌(信降在爾惱)

뇌는

온몸에 살아 있고

현재(現在) 뇌과학(腦科學)의

전신(全身) 두뇌설(頭腦說)

온몸은

아아

회음(會陰)이여
묘연(妙衍)이여

모심에서부터만 태어난다

이 푸르른
아침
희고 눈부신 저 태양 속에서.

타는 목마름으로 살던 때는

타는 목마름으로
살던 때는
아직 몰랐던
기이한
아름다움이
산다는 데에 있습니다

일본 불교 운동가
이께다 다이사쿠의 말입니다
'삶은
아직 오지 않은 완성에의
기인 긴 꿈'

좋은 말입니다
나는
이제는 그리 살고 싶고
또 그러다
가고 싶고

모든 것이

그래서 궁금하지요
소녀처럼
첫사랑에 빠진
열여섯?
열일곱?

내가
숲 속에서
길을 찾아갈 때엔

발보다는
꿈
꿈의 발이
나를 이끌지요만

내가
거리 거리
혹시는 굶주려
더듬어 찾아가는 저녁엔
꿈보다는
발의
꿈

그것이
나이일까요?

잊었습니다

요즘 같은
어려운 시절

무엇이 무엇인지
어디가 어디인지 알 수 없는

기인 긴
터널 같은 때

무엇을 알겠습니까만

타는 목마름으로
민주주의를 더듬어 찾던 때
1987년 같은
그런 때보다는

훨씬
잔잔한
꿈이

내 삶에 들어오고 있습니다

안녕히 계십시오

돌아가시어
지금은 내 곁에 안 계신

몇몇

어른들께

오늘 새벽엔 유독
인사 올리고 싶어

이리
일어나
수선입니다

다시 인사 드립니다
부디
평안하소서

시끄럽긴 시끄러워도
국운이
전과는 달리

괜찮은 편입니다
내내.

기축(己丑) 2009년 2월 13일 새벽 5시 5분

설날 아침

명절 때마다
산천에
명태 한 마리 놓고
울었더니라

산천이
망해
예절이
사라졌다고
통곡했더니라

올해

더욱더 혹독한
바람 비 눈 진눈깨비
무서운 해일이며 화산이며
태풍들 태풍들
말라 죽는 나무들
비틀어지는 풀과

마음

어디로 가야
사는 것이냐

조상들이여
대답하시라

나
이제
여기

헐벗은 산천에 주저앉아
명태마저 사라진
바닷가에 앉아

조상들께 묻노니

개벽은
오직
죽음뿐인가

아니면
아니면

사천 년 유리의
저 해맑은 풍요는
언제 오시나

이제
무릎을 꿇고
절을 올리며

대답을 듣는다

모심뿐
사랑뿐

그렇다
옛날의 저

인(仁)

그것뿐이라고.

쌩목

호수공원
월파정(月波亭)까지
매일 한 시간쯤
산책하는 게
내 운동의 전부다

월파정은
달의 물결이 오르는 절정의 누각
해의 삼백육십다섯 날 윤달 제치고
달의 삼백육십 날 윤달 없는
사천 년 유리세계
숨어 있다 드러나는
올해
칠월 이십이일 일식 때의
그 윤초(潤秒)

'난
윤초 몰라!'
그래도 소용없다

'난
윤초 싫어!'
그래도 소용없다

윤초는 몸 안에서 홀몬 흐름을
바꾸고 홀몬 성질을 바꾸고 홀몬 기능을
바꾸고 피를 바꾸고 내장을 바꾸고

경락을 바꾼다
삼백육십다섯 경락을
그 밑 숨어 있던
삼백육십 기혈이 불쑥 드러나
모두 모두 바꾸고

그러면 6조나 되는
세포를 바꾸고 기를 바꾸고

들숨날숨
생식과 생산과 노동과 춤과
예감과 신경과 정신을 넋의 깊고 깊은
온갖 움직임을 다아 바꾼다

도망갈 데도
없다
제 몸에서 누가 도망가나

올여름
칠월 이십이일에 일어날

일식 때
그 윤초를
예감한 것이 바로 촛불

그 윤초를
지금 예감하는 것이
바로
저 소리다

쌩목

월파정 갔다 오는
긴 모심의 길
카페 도밍고에서 잠깐 쉬며
커피를 마신다

요즈음
신세대 노래들이 흐른다

쌩목
째지는 쌩목

풍작 풍작 쇳소리만 타는
쌩목
된목
노랑목

째지고 앙칼지고 색쓰고 공쓰고

우당탕탕 요란 떠는

저 소동이
다
윤초다
너덜너덜 썩어가는
장식품 세상

음악이 썩으면 세상이 망한다

저
쌩목 밑에
저
헛목 밑에
저
엉터리 악쓰는 소리소리 밑에
속소리가
기다린다

칠월 이십이일 일식 때
그 소리
홀연
나타나리

오늘
후천 시작한다는
기축년 소해
정월 삼십일일

추위 풀리고
나무들
노오랗다
하늘은 파아랗다

커피 마시며
못난 시
몇 줄 쓰다가

시끄러운 짜증나는
요즈음 흔해 빠진
저 막말 같은 쌍소리 같은
쌩목 소동 속에

그 소리 참 싫증나고 싫증나도
죽어라 모시고
살아라 비우다가

나는
문득
나도 몰래
깊은 잠에 빠져버린다

아

새소리 들린다
꿈결에.

내가 태어난 곳은

아는가
내가 태어난 곳은
하늘이 아닌
땅

더러운 뻘바탕
기운 흙집
한 귀퉁이

아는가
내가 그처럼 기대하듯이
그 새벽하늘에
별은 없었고

마을 앞 영산강에
신비한 안개도
없었고

사흘 낮 사흘 밤을 웅웅대며
울었을 것이 분명한

유달산도 아예
아무 소리 없었고

다만
한 마리의
쥐가

부엌에서
먹을 것 찾아
부산했었지
아무 일도
안 일어났어

실망이 크지
그러나
보시게

내가 한 사람의
민중이란 말 대신 한 사람의
이제부터 땅
저 아득한 대지의 꿈의
한 기둥으로 살아갈
한 밑천

왜 이상한가
밑천?

나는 미래세계 유리세계

사천 년 용화 미륵 화장세계의
무량후천개벽 이후의
한
근거

사람만이 그렇다네
사람만이

이제부터 이루어질
마야의 검은 저주의 달력 뒤
그 뒤부터 비로소
나타날
세계

세계라기보다 삶
그 삶의
보장

사람

삶의 인자
씨
나는 그 옛날
이 세상에 와 있던
그 누구와도 닮지 않은

어떤
독특한 삶

나만이 이 땅에
하늘 같지 않은 기이한 한
하늘을 모시고 갈
길을 내는
삶

그리 외롭진 않네
그리 괴롭진 않아

다만

내 아내가 나를 멸시할 땐
서럽고

내 주변
잘난 이들이 날
무시할 땐
화가 좀 날 뿐

괜찮네 괜찮아
아무 일 없어

나의 두 아들이
나의 가장 큰 고민인데

그것도 그래
한 아이는 장가가
애 낳아 가정 꾸릴 듯하고

한 아이는 며칠 뒤
공부하러 영국 가.

됐지 뭘

나
요즘엔
공부밖엔 딴 재미 몰라

무슨 공부?

이런 공부
이런 이런 공부

말 안 해

소문 나면 안 돼

하늘에 별 뜨고 땅에
꽃 피고 영산강 안개 끼고
유달산 웅웅 울어댈 터이니까

알았지
그만하면?

나는
이제 일어나
내 공부방

등탑(燈塔)으로 가네

왜 등탑?

언젠가
부산 해운대

한
머리 기른 스님이
자기 거처를 등탑암(燈塔庵)이라

그래
꼭

수운 선생 시
燈明水上無嫌隙
柱似枯行力有餘 같은

그 방
그 이층 방
바다가 보이는 방에서

내가
이 못난 내가
새로운 팔괘(八掛)를 봤어

정역(正易)과

주역(周易) 뒤 복희역(伏羲易) 회복하는
제3역(易) 정역(正易)과

앞으로 올 대화엄세계
예측 설명할 오역(五易)의
주장
천부역(天符易)의

별

지나침인
등탑팔괘(燈塔八卦) 보여서야
그래서
등탑은

곧
내 공부방 이름이 됐지

역(易)까지는 욕심 없네만
옛 어른들 같으면
그리 불러주실 듯은
해

소강절의
매화역도
역(易)은 역(易)이니까

허나

그보다 내겐
이런 게 있었어

앞으로 상당 기간은
서북쪽
중국보다는 동남쪽 일본이
아무래도
더

우레 같은 더 중요한

우리나라
간방(艮方)
새 샘물에 더 중요한,

태평양 너머
태(兌)
그 연못 때문에도 더 중요한,

그래

더 중요할 수밖에 없는
싫어도 어쩔 수 없이

손잡고
새 세계 새 시대 열 수밖에
다른 도리 없는

그렇지만
그렇지만
그들은 아주 더디게 변해
일찍은 시작해도 더디게
거기 비해 중국은
늦게 시작해도 빨리 변할 걸
그럼 우리는?
아암
그거야
그거야

내가 그래서 작년 십일월
후꾸오까에서
제안을 했어

새시대의 시장
호혜시장(互惠市場)

그런데 바로 이어 십이월에
한일중(韓日中) 세 나라의
대통령이 만나
그 기초가 되는
정례회의 시작했지

이상치 않나!

이 모든 것이 그저 우연일까!

나 이 글
시라기보다 편지로 알고 쓴다네
신경 쓰지 말게
하지만
변하고 있는 이 시대
이 세상 오고 있는
대후천 문예부흥기의
앞장선
시 형식은
이런 스타일의 부흥비(賦興比)에
풍(風)
나의 오적 같은 풍자하고
또 하나
신(神)

그래
그렇다네
염려 놓으시게

편지 또한 시라네.

내가 이젠
작별할 시간

자네들께 부탁할 건
정역(正易)의 꿈
그 꿈 꾸게

자꾸만 아까부터 내 머릿속에
현해탄에 뜨는
푸른 별과

오대산 서대 우통수
그 작은 샘물에 피어날
붉은 꽃봉오리

정역(正易)의 얼굴

역(易)에도 얼굴이 있어!

(이 시는 아마도
나의 내년 봄 있을
커다란 시 잔치의
세번째 시집 첫 시가
될걸세 아마
그것
중요해!)

다시 말하네만

이 시는
시라기보다 역(易)

다시 한 번 처음부터 읽을 때는
정역(正易)의 얼굴이
보일걸세

구구팔십일 숫자노름만이 아닌
천부(天符)의
그

모습 그 모습의 무늬
새로운 커다란 변화하는
우주의 서계(書契)

또
새로운 암호문자의 결승(結繩)

후라이 같은가?
(물론 후라이지)

후라이는 사실
복희씨(伏羲氏)부터지
그런데
그 뒤 그 후라이가 어찌되었나!

지금

내게로 누군가 오고 있어
난
알아

내 아내가 날 걱정하고
걱정하며 내 침실 근처로 조용히
마음을 옮기고 있어

행복해
이 사람아
착한 세상 가까워

지금
또 한 가지
내게로 소식 오고 있어

작고도 큰 화엄세계의
한 연못에서
내게 한
한

커다란 기별이 오고 있어

내일쯤은
내게 닿을 걸

또
있어

내게서 누군가 거대한 대륙과
해양의 새로운
밤과 낮
뒤바뀌는 소식 가져갈

한 신문사가 온다네

그 뒤엔
나
이보게
나 말이야

이 못난
나 홀로 동학당이
수운(水雲) 선생보다 더 사모하는 분
해월(海月) 선생님 갑오 실패 뒤
다시 일어서시던

상주(尙州) 높은 터에 가
화엄개벽 이야기

그때
높은 터 한 사랑방에서

선생님은
털벌레 삼천
날짐승 삼천이
모두 다 향아설위(向我設位)한다는
화엄개벽 말씀했다지

나
그것 말하러 가네

그게
정역(正易)의 맨 마지막이고

그게
정역(正易)의 참얼굴

알겠는가?

이제는 일어나
등탑(燈塔)으로 공부하러 가네

쓴 것
다시 읽지도 않고
그대로 접어두고 훌훌 털어

세수 뒤엔

우리 막내
땡이 한번 쓰다듬고

아내에게 안녕 한번 하고

가네
잘 있게.

나에게 물을

내가
나에게 주문한다

나에게
물을!

내게 지금 필요한 것은 물

목말라서다
목이 말라
미치겠다

하늘을 떠가는
흰 구름처럼 가셨고

나는 뒤에
혼자
남겨졌다

무엇을 위해

그 세월을 싸워왔는가

다 끝났다
다 이루었다

창조적 진화의 실천

감옥 안에서
시커먼 그 차디찬
독방 안에서

서학(西學)에서
동학(東學)으로
아파 아파하며
불을 찾아

창조적 진화를 찾아
떼이야르 신부의 손짓 따라
내 고향에 돌아와

모심부터
온몸으로 죽기살기
밀고 오던

지난 삼십 년

나는
서서히

불에 타고 있었다

이제
님은 가시며

내게 새로운 시절이 오고 있음을
알린다

내겐 바티칸에서
다윈 200년 축제의
축포 소리가

행여
파시즘의 등장 아닌가
의심했는데

오늘
님은 가시며

그것 그것 아니라
내가 할 일이 바로 바로
영세불망(永世不忘)임을
알린 것

永世不忘 萬事知

공부하고 공부해서
화엄개벽하기 이전의

그 한밤에

님과 함께
제2차 바티칸공의회가
가르치는

그 무렵의 해방신학
창조적 진화의

그 조화정(造化定)에서 만남을
잊을 수 없음

그것

그 밤을 일을 수 없음

시천주(侍天主)하는
첫 훈련을 님이
내게 가르쳤으니

이제
님이 가시며
내게
영세불망(永世不忘)을 손짓하며

물

물 한 잔이다

내게 필요한 것은
불 뒤의
물

인생무상의 잔잔함

아

200년 다윈 축제가
님의 환계(還戒)로

비움으로
그것을 계기로

벗겨진
흰 로만칼라로
인해

인(因)
해

이제 화엄개벽으로
길을 여는구나

내 앞에
늘어선 무수한 무수한 사람들
이제

창조와 진화의 길을
화엄과 개벽의 드넓은
벌판으로
모시겠구나

눈물
또한
물 한 잔

이제
캄캄한 새벽

내 몸에도 지구에도
우주 저편에도
푸른 별
동터오는
아침 열시

드디어
잔잔한 꽃봉오리 하나
열리는 걸

보겠구나.

시경(詩經)에서 밥 한술

오늘
시경에서
밥 한술을 먹습니다

오늘
시경에서
애인 한 사람을 찾았습니다

시경은
새 시대의 새 샘물

나의
고전

나는 아직 시경을 잘 모릅니다

그러나 나의 시는
부흥비(賦興比)에 풍(風)과 신(神)의 밥 한술이요

그래서 나의 시는

꽃 같은 애인 입술 별 같은 여인 눈동자

다아

오늘
시경에서 보았고 시경에서
찾았습니다

그러나
여보세요

내 말은 어디까지나
그렇고 그렇다는 것이지

꼭 그렇다는 것
결코 아니지요

시경이
언제

우리들 약소 민족
구백칠십여섯 번

외국침략 받은 홍익인간(弘益人間)
이화세계(理化世界)의 성배(聖杯)의 민족

화엄개벽(華嚴開闢)으로
창조진화(創造進化) 모시는

당파선(鐺把禪)의 민족

언제
밥 먹었던가요?

먹였지요
아니
먹일 겁니다

그래요
그래요

오늘부터지요

그래서
얼토시(詩) 사람들

젊은이들이 부흥(賦興)을
들고 나오지요

비문(非文)이라는 비(比) 역시 풍(風)과
신(神)으로
뒤발하지요

한번
봅시다

아(雅)에선

사슴 우는 소리

이젠
그 소리

'여보 거기 사람 있소
사람 같은 사람 있거든
병든 강아지 쓰다듬는
고양이 눈빛 노래하소'

'여보 거기 애인 있소
있거든
여기 한 흙덩이 속에
십육일 초승달 떠오름
사랑하소'

'여보여보 사람네들
인고출신(人古出新) 새소리는
시경(詩經)이 아닌
경시(經詩)라오.'

길 잃고 헤매는 쓸쓸한 날들

나의 여율(呂律)이여
이제는 어둔 날의
율려(律呂)가 되소

모성(母性)

이제야
깨닫는다

이 나이
예순아홉
내일 고희를 앞둔

이제
비로소

아하!

탄식과 함께 크게 깨닫는다

모든 복승(復勝)의 근원
모든 기위(己位)의 친정(親政) 복귀라는
창조적 진화의
화엄개벽의
첫 샘물
일체 성자(聖者)의 깨달은 자의

그리고 달관한 자의
예술가,
시인의

첫 발자욱은
모성(母性)

이 뻔한 사실을

이 늙은
주책이 이 늙은,
샛바람 부는 추운 초봄
길거리 한복판에서

문득

아아
우주의 근원
생명의 시작
온갖 사랑과 갖은 자비와

이 세상
가장 아름다운 것들의
고향 중의 고향 중의
옛집

거기
계신 것은

모성(母性)

깨닫는다

나
이제 와
아프게

나의 지난날
온갖 고통과 방황과 증오, 분노
그리고 투쟁과 투옥,

고독의
이 처절한 고독의
근원이 바로 모성(母性) 결핍
스킨십 부족
유연성 상실

싸이코 파타페이스였음이
다시금
뼈저린다

내 이제
산책에서 돌아와
내 집 방문을 열고
누워 계신 내 아내를 보고
'다녀왔습니다'
절한 뒤

내 방

캄캄한 내 방에 돌아와

중얼거린다

‘저분이 이제 내 엄마다’

‘저분을 모시자’

‘아아

이제 나는 살았다’

천천히

거실에 나와

엎드린 고양이 땡이

내 딸 김막내를 쓰다듬는다

그렇다

그 애 역시 나의

엄마

모든 여성은 모성(母性)

차라리

내 안에 계신

그리움

역시

아득 아득한 천지창조의 순간

그 손짓 속의 부드러움

모성(母性)

그것 없이는 그것 없이는
결코 살 수 없는
태어날 수 없는
창조할 수 없는
그것

'엄마아아아——!'

한번은

한번은
이런 일도 있었다

내가 내가 아닌 듯이
모든 감각이 따로 노는 일

내가
마치 외계인처럼
사람들 사이에서도
미치도록 미치도록
외로웠던
일

내가 왜 이러는가
내가 이러다 정신병원 가는가
이럴 때
누군가

한
아름다운

부인이 곁에 와
말했다

'당신 지금 지옥에 있지요?'

화들짝 놀라

'누누누구욧-?'

그녀는 왈

'보살이지 누구는 누구?'

또다시 놀라

'무슨 보 무슨 살이요?'

왈

'작두만신 같은 거'

아항
점쟁이!

그제야 나는 안심을 하고
큰 소리로 가라사대

'해볼 테면 해봐!'

'뭘?'

'뭐라니?'

나는 이렇게 해서 그녀를
만났다

조국의 얼굴이었다

이럴 수도 저럴 수도
악일 수도
선일 수도

복도 재앙도 돈이 되기도
빈털터리가 되기도

때론 구역질 나기도 하고
어떤 땐 참으로 더러워
침 뱉고 머나먼 아메리카로
떠나가고 싶기도

그랬다

그러다

기인 세월이 흘렀다

육십여 년
칠십 년 가까이 흘러

어느 날은
청와대에서
전화가 왔다

'당신을 현대사의
주역으로 모시기로 했습니다'

내 아들 세희가
그림공부 하러 영국 가는
공항에서다

'참 별일도 다 있다'

이랬다

어느 날

공원 길을 걸으며
생각한다

주역이란 조역은 아니라는 것
적어도 악당은 아니라는 것
문제는
연출

누가 연출이냐

나는

순간

레이크폴리스란 호숫가 빌딩을 보며

달이
해를 넘어서는 칠월
이어서
흉한,
오래 끌지는 않을 시끄러운
촛불의 팔월 구월 시월

그리고
밑으로부터
새 세상이 올라오는 십일월 십이월
또 새해의
일월과 이월

아!
윤달 없는 새해가
내 칠순.

많이 살았구나!

한번은
이리 살고는 싶었으나
이리 살리라
꿈꿔본 적 아예 없고
한번은

이리 서둘러
서울 근처를 떠나리란
예감은
한 적도 없고

한번은
이리 합법의 인생이 되어
청와대로부터
주역이니 조역이니
전화로 인정 받으리라
짐작한 적도
없으니

참

보살님 작두만신님!

작두타기요,
안녕

흥미 없소이다
나는
나의 길

'더러운 씹 그림
숭고 심오하게 그리는
한
주책바가지 늙은 화가로!'

'저 홀로
공자 짝퉁의
시삼백을 몽땅 써내는
미친 시인으로!'

그리고
온 세상 온 우주 온 심층 무의식계
온 짐승 풀 흙 물 햇빛 달빛
바람과 먼지
생각들
한숨들

모두 다 해방하고 화엄하고
개벽하는

모심의
사상
그것 제시하는 것.

보통 일이오?
이게 주연 조연 가릴 일이오?
그래서
끝내는

꼭 한 번은

죽어 삿갓봉 아래
뼈 흩어 사라지기 전

내 고향 목포 연동 그 변두리
영산강 비녀산이며
성자동 부줏머리 돌아

내 마음의
뼈들

그 하아얀 고통의 뼈들
흩고 돌아올
그
한 번은

분명
말하리

나

이 반도의

구백칠십여섯 번
침략당한
폭정의 땅 조국의

눈물 많은
주역이었노라
갈데없는
한 사람의 민초였노라

아뢰리

내 아버지 대공습에서 구하러
이십 리 밤길을 뛰고 뛰던
열 살의 그때

내 가슴과
내 팔다리가
피로써 눈물로써 서원했던
그 평화

그것 찾아가는 길
그래도
한 번은
거기

서 있었음을

아뢰리

그리고는
그 고향
다시는 돌아가지 않으리

스무 살 젊은날
밤 한시 사월혁명 직후
수원농대 앞
하아얀 신작로에서 본

아득한 우주 저편
한없이 나아가 사라지던

흰 그늘의 길 저편으로
가없이 사라지리.

이 끝없는 길을 1

이 끝없는 길을
끊임없이 간다

간다만
끝나는 지점 있으니
오늘이다

오늘
내 속에 윤초(潤㓞)
일식과 함께 윤달 없어져
유리의 시절 다가오는 것
윤초

바로
내게는
오늘
시작이다
어째서 아침부터 내내
막내딸 땡이가
내 주변을 돌며

울부짖으며 뛰질하는지
어째서 소파를 쥐어뜯으며
푸른 눈빛으로
사방을 휘번득이는지

알 만하다
허나
고향을 아직 아득아득

내가 가야 할 고향
그러니 타향들은 숱한 객지들은
아직도 아득

내 말 한마디만 들으라

난
이제
밖으로 나가

잘 안 가는 싫은 중국집
가아 짬뽕 한 그릇
곱배기로 먹고

일본 애들 뽕짝거리는

하도가와 우동집 살풋 지나서

마치 내 역사처럼 마치
우리네 기인 역사처럼

걸어서

우체국에 가

서럽고 서러운 내 자화상

그림 그리는 이야기 시

시인세계사에

부치고

돌아오는 길에 손톱깎이

사다 기인 손톱이며 발톱 다 깎아내고

드디어 세시쯤엔

공부에 뛰어든다

공부

한울공부 부처공부 개벽공부다

그리고는 모심

모심이다

난

간다

이 끝없는 길을.

기축(己丑) 2009년 2월 26일 12시

이 끝없는 길을 2

윤초(潤秒)는
윤달 없어지는 우주 현상

달이
해를 밑에서 윽박질러
해를 해답게 만드는 때다

똑
흰 그늘이
누른 치마 입는 때다

아마도

오늘 아침

국가 정체성 관련
청와대 전화에
돕기는 하겠으나
내 할 일은 이제 세계로 나가는 일

문명의 화살이
이 반도로 오고 있지 않느냐

한숨을 쉬고
비서관은 물러섰다

이제
내 오늘 일정은
브레멘 시 낭송 주최측에
루텐버그의
질병의 미학과
발터 에를리히 규범미학을
동시에 주문 부탁하는 일

화엄개벽 안에
창조적 진화의 오메가 포인트 안에
아시아 네오 르네상스
오고 있기 때문.

내 할 일
그것

오늘에야 비로소
왜 내가 그 옛날
좌파민족주의 난리 부리던 사일구 직후
내 스스로
판소리 탈춤에
판문점 민족미학회담

대표로 갈 예정이던
그 무렵

추의 미학 질병의 미학
혼돈과 죽음의 미학
르네상스 15세기 이탈리아의
막말과 쌍소리와 살인사건 연구
그리고
그 모든 혼돈에 대한
흰 규범의 미학

그 공부를 주변의 손가락질 속에서도
왜 그리 미친듯이 했는지
안다

알겠다 오늘 아침에야
그래 이 윤초에

오늘
창밖에

한 PC방 간판 제목에
커다랗게
한 쌍소리

'졸라 빨라'가 영어로까지
ZOLLA BBALLA로
쓰여서다

참

시끄럽다

참

고요하다

내 마음 이제

천천히

수운 선생 부적 위에

궁궁 앞에 어째서

태극이 있었는지

지난해 어느 날 문득

내 부적 위에 왜 태극이

궁궁 뒤로 가 붙되 어째서 태극이

화엄 안으로 들어가 보이지 않았는지

왜

어째서 어째서

꽃샘 불 시간 꽃샘은 없고

내 마음 가득가득히

빈 윤달들

다아 사라져 없음인지

한

옛 고운 여인에게
어젯밤

촛불을 켜 명복을 빌었는지
그 명복 뒤

한밤의 잠이 그리도 길고 깊었는지
그리하여 아침이

왜 그리도
숭고했고 심오했는지

이제야
안다

신문을 보니

다음 미다시들 보인다

'불황 땐 배부르면 안 되나요?'
'여성 성차별 상담 70%가 임신·출산 불이익'
'경제위기 심화되자 기업들 점점 더 노골화'

그리고 그 하단에 커다랗게
"이명박 정부 1년 '여성정책 실종'"

바로
이것이다

이것이 윤초의 시작.

여성 몸속의
월경이
바로
윤초

윤초 직전의
일식(日蝕).

내가 나에게 너에게
또 우리에게 그들에게

내가 나에게 너에게
또 우리에게 그들에게

깃발 하나
깃발 다섯
깃발 열여섯을 들고

한구석 큰길 더 커다란 마당에서
커다란 달 하나
하나 속에
여섯 개의 해를 모셔

아홉 해 흉년
일곱 해 괴질
새해하고도 석달을
전쟁으로
다 죽은

고향
송장산 피 고인 연못 위

비석 하나
눈부시게 흰
눈물의 비석 하나 세우노나

누구란 말이냐
네가 내게
내가 네게
우리가 그들에게 그들이 우리에게
누구란 말이냐

아아
이제야 살았다

흰 깃발 붉은 깃발
온갖 빛깔 깃발이 이제 여기 와

모두가
한 빛
화엄으로 빛나는 날

오늘

나
여기 와
시 한구절 읊노라

나
수운의 영

옛 시 한구절 읊어
오늘을
기리노라

燈明水上 無嫌隙
柱似枯形 力有餘

吳順受天命
汝高飛遠走

너 바닷달이여 높이
너
꽃 한 송이여
깊이

너
천도(天道)의 잣다른 높이에
북쪽 어름산이들
함께
듣거라

어허야

칼노래 칼춤 끝나고
공중부양도 이만
끝나고

길 떠나자

머나먼 화엄개벽의
모심의 길

신묘한 물 흘러
흰 그늘 빛나는 산정(山頂)
반야와
천왕

녹녹대지의 휘황 마을마을

오고 있는
새 대지의 날들
맞이하러 가자.

기축(己丑) 2009년 2월 1일

새벽 편지

선생님
나
여기 있어요
여기 이 지옥 같은 여관
불 꺼진 방에

선생님
나
기억하세요?
나 여옥이에요

전욱삼 씨 딸
이름 없는 떠돌이
그 옛날
함태 탄광에서 일하다
막장 무너져
깔려 죽은

한
광부의 딸

여옥

내가
이 불 꺼진 방에 누워
선생님을 생각합니다

선생님이 쓰신
시
'오히려'
바로
그 뒤에 붙은 '어차피'

그 시
내 이야기예요

나 지금 아저씨 같은
또는 아버지 같은
친구와
그 짓 하고 있어요

입술로

네
눈물 나요
아직도 눈물 있어
다행이에요

웃지 마세요

나

신파조 아니에요
(   )

새벽길 가듯
입술로
그 짓 해요

새벽이 오고 있어요
내 머리에
시커먼 그곳 핥고 있는
내 입술 위에
별이
(   )
(   )

눈물
그칠게요
이젠 절대로 안 울어요

육만 원
조금 못 되는
돈
받고 나서

학교 갈 겁니다
'허튼 춤' 가르치는 학교

'판소리'도
조금

뭐든 조금씩

예술가 될래요
똥구멍 예술가

입술 대신
검은 똥구멍에
하얀 촛불 켤래요

선생님
'오히려'
또
'어차피'
잘 읽었어요

내 이야기예요

고마워요

참
(   ).

2009년 1월 23일 새벽 4시

나에게

내가
나에게
편지를 쓴다

나는 나대로 살다
그냥
아무리나 살다가
가려 했지

아무리나
하고 싶은 것 하다

그래
그러나
그 아무리나가
안 돼

그냥 가
가는 거야

내 머리맡에

네 봉지의 청산가리 있어

겨우 겨우

샀어

비싸

옛날에 어떤 심술쟁이 노가다는

자존심 있는 놈이라면

이 개 같은 세상에

자살로

대답하는 법

그리

말했대

나도

가

그 길.

지금 여덟시야

밤

죽기 싫어

지금 술 시간

소주 한잔 하고 싶어

지금 연애 시간
데이트 한번 하고 싶어

지금 영화 볼 시간
영화 한편 보고 싶어

그 뒤에 가도
되잖아!

안 돼?
안 되는 거야?

가

난 이제 안 돌아와

이 세상
끝.

안녕.

2009년 1월 23일 새벽 4시 20분

누나

누나
내겐 누나가 없다

있다

전곡 연천
시골 구석에 숨어
날
기다린다

누나가 날 기다린다

가다가 가다가
인생살이 고달픈 길을 가다가
어쩌다가

날
길에서 만나면
좋겠다고 생각하는

한
사촌누나가

있다

아무도 아는 사람 없다

내가
어렸을 때

함께 누워 젖꼭지를 만지던
또 어떤 땐
배꼽도 만지던

한
예쁜 누나가 있다

애실이

누나 이름 애실이

지금도 날 기다린다

밭 매다가 문득
목이 메어
눈물 한 방울

입속에서만 영일아

내 이름 부르며

서울 쪽으로 난 길을
하염없이
보고 있다

난
못 간다

가는 생각만 한다

언젠가 내 가슴에 깊이
그 누나 애실이
참
행복하게 살 수 있는
그런 세상 만들기 전엔

보지 않겠다고
깊이 깊이
맹세해서다

지금
후회한다

그 맹세 후회한다

그런 세상은 그런 세상은
내가 만들 수 없는 것

한울만이
만드는 것

만드는 것 아니라
되는 것

우린 그저
돕는 일뿐

그런 걸
몰랐다

누나
잘 있어

꿈에는 갈게

모레
설날

차례 때 한번 생각할게.

내가 나에게

내가 나에게
누구도 보내지 못한
선물 한 가지

보낸다

보내보지 못한 긴 세월을
생각하는 것

보내는 것

나를 보내는 것
내 몸을 보내는 것

내 몸을 통째로
나 자신에게
주는 것

이제부터 나를 위해 살겠다
이제부터 세상 위해

살지 않겠다

부디
날 비웃지 마라

난
애들 아버지요
누군가의 남편이다
뭐가 어쨌다는 거냐
누구나
이래야 하는 것

나 안에
내 식구들 안에
세상이 살아 있는 것

이제껏
잘못 알았다

린 마굴리스 여사의
내부공생을 몰랐고

수운 선생님의
각지불이를 몰랐고

저
부처님의 저
달이 천 개의 강물에

다
저마다 달리 비추는 것 몰랐다

작은 먼지 한톨 안에
드넓은 우주
이리 생생히 살아 있음을
나는 미처 몰랐다

이제
그것 알아서 안 되는 거냐

내가
내 안에서
세상과 공생하면 안 되는 거냐

유일하게
지랄 같은 놈
지랄같이 까불 때

그때

내
한마디
한다고는 약속하마

됐지?
안 됐어?

허허허허허

달이

초가삼간에

떴다.

님

졸리는데도
자고 싶지 않다

이 세상 어딘가에서
지금 이 시간
깨어 있는 나의
정신이
있다

그가
나를 생각하고 있다

만나고
싶다

그는 누구일 것인가
그가 누구일 것인가

졸리는데도
자고 싶지 않다

슬픈 먼동이

저렇게 무정하게 떠오르는데.

나의 나

나는
이제
내가 아니다

예전에
거리에서 굶주릴 적에
내게 왔던
한 얼굴

나

샘물 같고
옹달샘 같고
추운 날 푸른 하늘 흰 구름 같던

그 한 얼굴이

내가 아닌
본디의

나

오늘 아침 먼동과
함께 떠오는 한 여인의
모습 속에

내게
왔다

나의 나

얼마 만이냐

아
나는 살았구나

아득한 옛날
검은 뻘밭에 피던
흰 삐비꽃

강물에 비치던
내 얼굴

나의 참
고향

이제
내게 돌아왔다

나의 나

참
나의

여인아.

마치
흰
침묵 같은.

한

— 영원한 푸른 하늘

나

이제

아무도 없는

황야에 마침내 나와 선다

아침해

시뻘겋게 오르고

바람은

차다

머언 지평선에 온갖

온갖 욕망들 죽어 썩어가는 아지랑이

가득하다

눈은

아직도

내리지 않는다

이 한겨울에

내 곁을 지켜줄
아무도 없다

있다

내 안에 있다
살아 있다

한
영원한 푸른 하늘
후에문에 탱그리.

태풍

태풍이
스페인을 강타했다

사람이
많이 죽었다

한반도 남쪽에는 눈이
오 미터나 쌓였다

오대산엔
눈도 오지 않고
그 원만한
흰 눈도 오지 않고
강추위만
강추위만

그래

이렇게 생각하기로 한다

나는

한 몸

어딜가든 한 몸

그러나 그 한 몸 안에 새 세계가 있으니

이 한 몸

닦는 것이

태풍의 끝

기후 혼돈의 끝

적멸보궁 오르는 한 길.

서너 뼘 남은 인생

내가
태어난 건
열두 해 전 모진 태풍으로
부서진 자리
목포
어느 마을

그때
바다엔 흰 띠 두른 새들이
춤추고 금빛 노을이
바다를 물들였다

이제 길을 걷다가
문득 고향을 생각하면
그곳이 다름 아닌
내
마지막 삶의
의미
의미 같은 것.

아니다
그러나 나는 돌아가지 않는다
그저 그릴 뿐
가지 않는다

마지막
서너 뼘 남은 인생

나
낯선 땅
배부른 산 무실리

거기
살다
삿갓봉 후미진 비탈에
뼈살라
흩어지리

그리
사라지리

내가
태어난 건
열두 해 전 모진 태풍으로
부서진 자리
강원도
어느 곳

아아
그러매
내 고향은 태풍

오직
그곳만이 내가 묻힐 곳

개벽의
때다.

짧은 여행

죽나

죽는 건가

내 삶이 꼭
짧은 여행 같다

오늘
다 떠나간 벌판

설날
하루 전
밤

죽나

죽는 건가

이리
헛헛하다

스산하다

짧은 여행이었다 하자
싸우다 싸우다가는
미련 없는

실패의
길

아무도
날
돌아보지 않는다

후회는
없다

삶이란 그런 것
그런

꼭
짧은 여행.

꽃샘 없는 봄

서기
2009년
기축

지금의 이월로
겨울 봄빛 찾아오고 있다

올해
꽃샘 없다 (있다)
윤초(潤秒)
윤달 없어져가는 조짐 (아니다)

나는 그것을
예감으로 안다
(틀렸다)

내 안에서
쓸데없는 욕구가 하나 둘
사라지고
부질없는 짜증들 셋 넷 다섯씩

다 없어지면서

안다

(아! 좋다!)

꽃샘 없다면 바로 지금이

봄

(그래)

걷자

그리고 살풋 웃자.

~~홍홍홍홍홍~~.

독항아리

제주도
독항아리

곁에 무늬 진
세 치 오 푼의
옛옛
김할맘 넋

나 여기 있다 이리 오너라
나 이제 간다 저리 오너라

내 가는 곳
돈 생긴다
내가 눈뜨는 때 밥
나물 고기 놓인다

어서
먹어라
걸귀들아

나
이러다 간다

나
김만덕 할맘 넋

이리 놀다가 간다

중산처 중산처
중산처 마당 마당.

무의식을 따라 산다

세상이
워낙 험해

사는 방법을 잘 모르겠다

이리 사는 것이
옳으냐
옳지 않으냐
따지기 전에

그냥
싫다

어찌해야 하나

오늘 새벽 일찍 일어나 앉아
하늘을 쳐다본다

하늘이 말한다
하늘 대신 땅 봐라

땅 대신 사람을

사람 대신
사람 속에 밑에 그 밑의 밑바닥에
숨어서 기다리는
새 하늘을 봐라

그것이
무의식

우주무의식

그것 따라 살 일이다

털털
털고 일어나

빙긋 웃으며
세수하러 간다

엎드려 날 쳐다보는 땡이
우리 집 고양이에게
한마디

이놈아
너는 살았다
이젠

너도 네 속의

하늘 따라 살거라.

시인들

興
36

내가
제일 좋아하는 시인
서정춘

금강산에 시 낭송하러 갔을 때
시인은 왜
노동을 하지 않느냐
시비 거는 북한 인민군
웬 장교 앞에서

'시쓰기가 노동이다
여기를 봐라!'

바지를 벗어버리고 큰 소리로
'내 좆이나 빨아라!'

서정춘은
서정의 영웅

나는 이런 시인을 좋아한다

이런 시인이
많아야 한다

그다음엔
이렇지 않은 시인도 많고
많아야 한다

이것이 곧
오늘의
시인의 법칙이다

다른 것은
아니다

다른 것은
…… 아닌 것이 좋겠다.

복갈퀴

어스름에
속이 허름해

후줄근한 차돌박이 집
멍멍히 앉았는데

웬 할망구
들이닥치며

복갈퀴 사소 복갈퀴
복을 박박 긁어드리는
복갈퀴요 복갈퀴요

복조리는
옛날이다

사이다 한 모금에
창밖 어둠을 내다보는데

허공에

갈퀴가 간다
휩쓸고 간다

무슨?

다리 밑에서

키르키스 땅에 들어서며
국경 검문소 곁
다리 밑에서

콸콸콸 흘러내리는
흰 천산의 물
거기서

안디잔 폭동의 근원적인 심성
분노와 슬픔이
소리치는 것을 보았다

보았다
그것은 숨어 있지 않았다

옛
바자르꾼의 달처럼
옛 신시의 아픈 사랑이 이끄는
머나먼 나그네길을
걷고

또 걷는

사막과 초원의 아시아
새 문명의 날이

온다고
오고 있다고
소리소리 지르는
물방울들의
얼굴을 보았다

얼굴

그것은
일만사천 년 전
흰 구름 위 파미르 푸르른
천시에서 빛나던
마고의

눈

눈의
팔여사율(八呂四律)

우주음악이었다
결승(結繩)이었다

오늘

우리가 안아야 할

새

삶이었다.

별과 꽃 속에서

내
이제야
너에게 이 말을 한다

삶은 별과 꽃
그 속에서
불과 물로 세상을
세상 바깥을

때로는
세상 밑바닥을
새벽빛처럼 영롱하게 사는 것

이제야
내 마음
고향에 돌아와

우울한 너에게 편지를 쓴다

삶은

가슴 밑바닥 붉은 꽃봉오리
두 다리 사이
어두운 곳
새파란
별

이제야 한마디 한다

별과
꽃을
모심이 삶

너에게
나이 칠십에

내가 남길 것은

오롯이
이 한마디뿐.

어차피

함께
먼 길 갑니다

아저씨 같은
또는
아버지 같은
한 남자와 머나먼

새벽길
갑니다

나는
이름 없는
싸구려 입술 오피스걸

이젠
더 팔리지 않고 뒷설거지만 보는

강
내 이름은 강

마사지 클럽
쬐그만 어두운 방의
희미한
거울 하나

어차피
모든 어둠을 반영합니다

어차피
하얗게
촛불을 켭니다

오늘
눈 내리는데

함께
먼 길 갑니다

아저씨 같은
또는
아버지 같은
한 남자와 떠나면

새벽길을
갑니다

이리.

사과

이 세상에
과일보다 더 좋은 것
있을까

참으로
입 안이 뻑뻑할 때
밥 뒤에
텁텁할 때
그때
사과 한 알은
천상의 별미

내가 사과를 생각할 땐
반드시 떠오르는
한 생각 있다

어릴 때
너무 좋아한다고
엄마가
내게

신 것만 골라주었다
좀
덜 먹으라는 말

그 신 것을
그 시큼한 것을
어찌나 맛있게 먹었던지
별명이
능금호랭이가 되었다

훗날
감옥에서
모처럼
사과 한 알 만나면

반가워
이리 묻기도 했다

'잘 있었니?'

그러면
대답한다

'네,
잘만 아니라 못 잘도 있었니더'
'니더?'
'네, 니더!'
'헤헤헤 니더 사과야!

옛다 내 속에 니더!'

지금도 사과는
내겐
미스테리다

왜 사과일까!

뭘 잘못했다고
맨날 사괄까!

오늘 낮

오늘 낮

아내와
월파정을 걸으며

호수 저편 반짝이는
흰 물빛처럼
애매한

작은
행복 비슷한

봄 냄새 나무 냄새 풀 냄새가
다가왔으니

생기에 찬

내 가슴 밑바닥에
숨어 있던 봄꿈
이제야

살며시
떠올랐으니

오늘 낮
모처럼
아내와

월파정 근처를
산책하며

아무 걱정도
이제는
아무 원한도 울분도

수십 년 쌓이고 쌓인
분노도
없이

스스러웠으니
그래
행복했으니

누구에게나
그저
감사하고 싶었으니

밤엔
가만히

먼 하늘에

조용한 기도 한번

바치고 싶었으니.

운문사(雲門寺) 근처에서

지난날
거길 간 것이
지금에 와
이리도 큰 자부심이 될 줄이야

지난날
흰 구름 위에 뜬 흰 학처럼
푸른 솔 늙어 구부러진
붉은 등걸에
흰

막걸리 또 막걸리

웃음이 나다 끝내는 눈물이 나다
다시 마지막엔
한 줄
시가 나오더니라

이곳
지금은 없다만

내일 큰
비구니 스님 커다란
부처 이루실
자리

지금도
'운문사' 하면
바로
'雲門六 不收'가 생각 나
옷깃
여민다

한 몸 안에
여승들 그 여윈
고난 많은 시든 몸 안에
현란창엄한 화엄법신
화장세계 빛나는 그날

그렇다
빛으로 눈부신
구름문 열리리니

나야
한갓
지나는 나그네였으나

잊지 못한다
지금도

설핏 잠이 든 내 머리맡에
살포시
붉은 감 두 알 놓고 간
고운
여승 한 분

그분

운문사 근처에서 자라난
한 커다란
꽃눈

꽃눈의
눈물임

잊지 못한다

그 눈물이 이내
아시아 저 창창한 벌판 벌판에
노사나불의
기인 긴
침묵을 낳은

위대한 마야부인의 그 큰 몸임.

거두어 갈아 심으리

거두어
갈아 심으리
수경(收耕)

이것이 그분 이름
이름은
운명이다

내가 그분을 만난 것은 우연이다
운명 아니었다

실상사 뒤켠
아주 자그마한
요사

거기 빈 방에 한 줌
보리가 책상 위에
있었다
거두어 갈아 심으리

수경(收耕)

그 뜻을 그때 알았다

내겐
그분이 스승이다

내겐
참 스승이 많지만

스승 가운데 스승은 언제나
스스로 흙을 메고
갈고 심고

그 뒤엔
자취 감추는 분
똑
마지막 한마디

세존 말씀

팔만사천 가르침 뒤에
단 한마디

'나 이제껏
아무 말도 하지 않았다
어험–'

이리
가란다

나 또한
그리 가련다

어느 날 문득 하늘 동쪽이
발그레 피어오를 때

천동일욕홍(天東日欲紅)
바로 그때

배부른 산

그 밑
텅 빈 무실리

오두막 토막에 가

이 세상에서
가장 가장 숭고한 사랑과 모심의
춘화도
한 잎

그리다 숨지리

거두어 갈아 심으리.

모심

모심은 조심

조심은
모심의 조건

반드시
지켜야 할 최대의 조건은
그리고

무심

무심은 조심
텅 비운 모심이 바로
가장 큰
조심

아
알았다

옛 어른들이

어째서
저 추운 날 더 추운
한매(寒梅)를
애써
그렸는지

어째서
저
무심(無心)한
털보 달마를

스님들이
흔히
갈겨 그렸는지

다아아
모심.

그러나
친구야
한 가지만은 조심하렴

소심(小心)은 결코
모심이
아니라는 것!

지금 여기서

지금 여기서
내가 곧 죽는다 해도
후회하지 않을 만큼

그렇게는 살았거니

내일이면
잊고
안 돌아볼 편지
단 한 줄이나마

쓰자

쓰고 떠나자

너에게 내가 너라고 부르는
최후의
이 글

어디서

더 이상은 아무데서도
네게
불행한 소식
보내지 않겠다는 그 약속

이렇게 한다

잘 있거라

난
본디
무정한 사람

잊거라

돌아서서
내가 뭘 하든
더는
보지도
생각지도 말아다오

끝.

님

— 김수환 추기경님 영전에

님

어디인지 모르고
저희들

여기 이리 서 있어요

동녘 하늘 밝아오지만

가는 길
아직도 몰라

님이여
우리 이렇게 아직도 서성입니다

부디
손짓해주세요

손수건을 접고
이제 걷기 시작할래요

바람이

차요

이젠 쉬세요.

김지하 모심, 기축 2009년 5월 16일 밤

높은 터

— 해월 선생님 영전에

나

오늘

가리라

상주(尙州) 높은 터 그 자리

그

높은 뜻의 자리

구름 머물고

햇빛 가득한 곳

오늘

비록 날씨 차가우나

봄

멀지 않은 높은 터

일어서시었다

갑오의 참혹한 죽음 뒤에

다시 일어서시었다

내

오늘을 위해

내내
고난의 삶 이제껏
살아왔나 보다

이리
조용하고
이리 풋풋하다

선생님
이제야
저

발톱으로 털벌레 삼고
손톱으로 날짐승 삼아

화엄개벽의 길 높은 터
이곳에서
섭니다

슬며시 일어섭니다

기축(己丑) 2009년 2월 7일 아침 7시 25분

가시는 듯 다시 오소서

가시는 듯
다시 오소서

이곳 풍경이 쌀쌀합니다
추워
이름조차 서로
못 부르는 사람들이 손에 손을 잡고

당신
영결미사에 가고 있습니다

세상은 놀라고
하늘은 흐립니다
다가오는

엄청난 동아시아의
큰 문명 변동에

답할 이 없음을
슬기로운 우리 민족이 얼푸시

알아서입니다

부디
잘 가소서

그리고

가시는 듯

다시 오쇼서.

회음의 푸른 별

회음(會陰)에
뇌가 있다는 이론을 읽은 날

나는
너무 좋아
품바품바
잘 출 줄 모르는
걸뱅이 각설이 춤을 추었다

이 웬일?
이 뭣고?

품바 춤은 회음 춤

에-씨구씨구 들어간다-

그 씨구가
회음

아하

춤춰도 그냥 춤
아니다

정역(正易) 남학(南學)의
저 고매한
영가무도(詠歌舞蹈)다

그 또한
회음 춤

아낙들 회음은
그냥 품바 씨구씨구 아니고
일곱 배나 또 신령한
회음 뇌의 춤
영가무도(詠歌舞蹈)

어허

이러매
내 뛸 듯한 기쁨

엄마 없는 내가 가
아뢸 곳은
아내뿐

그리 작정한
새벽

어허야

내 회음에 되레

푸른 별

뜬다.

이 끝에

삶의
이 한끝에

나를
나에게 붙드는
이
가파른 삶의
한 노을 진 날의 끝

그 끝에

나를 미워하지 않는 이
아무도 없어
겨우
선택한

한 길동무의
죽음

나의 이 외로움의 한끝에

바람아
내 마음의 변두리
부는 절망아

내 삶은
과연
어디서 끝나는가

끝만큼
바뀌는가 바뀌는가

아니면
아예
안 바뀌는가

나에게
주소 없는 거리의
한
나그네인 나에게

누군가
다가오고 있는
오후

내 막내
고양이 땡이가
밥을 달라고
배고프다고 운다

내게
이보다 더한
인기척은 없다

바람아

그 애를 위해
기인 긴

한 달을 더 참아야 한다

칠백 리 남도 길
떠나는
날

미뤄야 한다

바람아

나
이제
살았다

이
삶의 한 끝에서 비로소.

인의예지(仁義禮智)

인의예지는
옛 성인의 가르침이니
지킬 것이요

수심정기(守心正氣)는
오로지 내가 다시 세우는
생명의 진리이니
따르라

오늘

캄캄한 절망 속에서

내 어미마저 나를 버린
캄캄한
지옥에서

비로소 깨닫는다

몸이 그저 몸이 아니요

한울의 큰 도덕임을

내
그 큰 절망 없었으면

이 일이
내게 왔겠는가
보였겠는가

서푼짜리 인생살이
나
오늘도 고달퍼

해 저무는 칠십에 홀로
빈 길에 서서

오직
하나

내 몸 안에
회음에 가슴팍에
하단전에 대뇌에

인의예지
우주
성(性)
있어

거기 오늘은

시천주조화정(侍天主造化定)이라
영세불망(永世不忘) 만사지(萬事知)라

푸른 별
붉은 꽃

띄우고 피우노라

아기야
내 아기야

이젠
그만
깨어나라

네 어미 저세상 갔으니

눈물 거두고
곰보할매 옛 물레
푸른 새벽빛 붉은 호롱불 아래

밥 한술
얼어 먹으러 가자.

이야기, 노래, 뜻 그리고 바람과 귀신

— 詩三百을 생각하며

남쪽에 가면
나를
김지하보다
박경리 사위로
더
잘 안다

영광이다
그러나 조금 우습다

글 이바구가 아닌
유명세 이야기

많이
우습다

그러나 그걸 어찌하나
그냥
허허 웃고 말지만

그런 중에도 어느 날
악양
평사리
최참판 댁 짝퉁 관광용
문학의 밤에
아픈 박 선생 대신 갔을 때다

웬
젊은 여편네가
날더러

'지가 먼데
장모나 잘 모시잖고…… 피이!'

지가 먼데?

버스를 타고 밤길 돌아오다
화개 근처다

'詩三百
詩三百
이야기, 노래, 뜻
그리고 바람과 귀신'

시인으로서도 완성이 필요하다는
내 생전 처음으로
자존심을
세운다

우습다

시가 뭣이관대
자존심인가!

'지가 먼데' 때문이다

오로지
오로지
겉소리 다 쳐내고
속소리로만

자동기술 따위 아니라
복승(復勝)과
모심으로만
매일 매순간 열심히 쓴다

시쓰기가
선(禪).

모심일 뿐.

'지가 먼데'에
대답은 모심뿐.

가만 생각해보니

이미

그것
자존심 아니다

운문선(雲門禪)이
첫
자존심 상처로 시작했듯이.

서정춘이 김지하에게

나
서정춘이
당신 김지하 형께
안부 올려요

형이
금강산에서
내가 바지 벗은 사건을
크게 칭찬했음에
부끄러워
너무 부끄러워
이렇게 한자
편지 씁니다

당신
지하에 산다고
살겠다고 이름까지 그렇게 쓰신 걸
알아요
알고 몹시 부끄럽고
창피했어요

바지 벗는 것쯤
무슨 문제예요
아무것도 아니에요

나 이제
금강산 싫어할 것 같아요

내 나라
최고의 경승
금강산을
그놈의 바지가 망쳤거든요

내가 나에게
뭐래는지 아세요

이
바지 같은 놈아
너는 인민군 장교보다 못하다

너는 이제 시러배 아들놈
좆을 뭐 어쩌라구?

네에
감감하네요
다시 시정으로 돌아갈 그날이
도대체 언젤까요

내 시

겨울 눈 내리는 날의
기차 여행하는
한
짧은 시

그 시 읽고 난 형의 얼굴
그 아름다운 감동의 빛을

머얼리서
투시로 바라보며
내가
내게 한
한마디
이것입니다

시인을 사랑하는 시인만이
참다운
시의 나라를 건설하는 법

나는
아직 멀었다

나
이제 차라리 노동하러 가겠다

시쓰기를 버리고
이제
그 인민군 장교 말처럼

노동자가 될 테다

노동

참다운 모심의 참선
노동

그것을 통해
인민군 장교 말씀의
참뜻을
생각할 테요

지하 형

이렇게 불러도 된다면
한마디 해주시길 바래요

나
이래도 돼요?

당신이 좋다면
나
딱
한 편만 시 쓰고 나서
다 그만둘래요
서정춘이 김지하에게란 제목의
딱
한 편 쓰고

노동하러 갈래요

장교가 옳아서 천만 아니라

형의 칭찬이
너무 부끄러워

이리밖엔
못 가요

나
지루해선 못 사는 나

이젠
다 벗어버리고

바지도 윗도리도 시인 렛텔도
다 훌훌 벗어버리고

금강산이 될래요
산이 될래요

아침마다
소슬한 바람 따라

웅웅
울어댄다는
금강산

저 푸르른 산봉우리가 될래요

부디
안녕히 계세요

이별은 싫습니다만
우선
이렇게
떠납니다

다시 한 번 더
안녕.

2009년 2월 3일 새벽 2시 정각
전주 한옥촌 여관방,
김지하 시인의 심층 무의식을 통해서
서정춘이 한 푸념을 김지하가 쓴 것임.

빨간 볼펜을 좋아하는 까닭은

내가
빨간 볼펜을 좋아하는
그 까닭은

잉크 때문이다
빨간색이 좋아서가
아니다

우리나라의
삶 일반이다

잉크가 잘 나오는 빨간색
잉크가 잘 안 나오는
파란색

무슨 뜻일까

나는 본디
중도지만

아무래도 이럴 땐
빨간쪽이다

술술 나오는대야 별 수 있는가

언젠가는
파란색이 내게 와서
철학 얘기를 하잔다

내가
왜 파랗냐고
물었더니

빨간색들이 보기 싫어서라고

파란 것이
싫어지면
그때는
또

빨간 쪽으로나 가겠느냐 했더니
그렇다고 했다

허허허
내가 웃으며

'당신 멋대로?'

답은

'내 멋대로!'

그랬다

이 나라의 볼펜들이다.

요즈음의 공자(孔子)

요즈음에
공자 타령 하는 이가
중국 말고
우리 사회에도 있다

정신
있는가?

허허
있단다.

있을 것이다
공자가 좋으니까

그러니까
좋은 점 있으면
안 좋은 점 있는 것
공자다

요즈음의 공자는

인(仁)인데

인(仁)도
인(仁)뿐인 인(仁)은
불인(不仁)
즉

위선의 향연이요
속임수요
싸이코패스

요즈음의
참다운 인(仁)은

모심이니라

어험-.

학이시습(學而時習)

나는
공자(孔子)를
좋아할 수 없다

말로
매질하기 때문이다

매질은
한울님을 치는 것

공자가 아니라 '먹자'라도 틀렸다.

학(學)이면 끝나는 것
시습(時習)은 왜 붙나

책임 못 지겠거든 물렀거라

오늘날
경쟁력 교육
몰입 영어 교육

무엇이
달라?

다른 것 없으니
옛 왈짜들이
공자 즉 도척이라

그랬다

지난해
시청 앞 촛불 때
열 살 먹은 초등학생 왈

'엠비 너 나하고 끝까지 한번 붙어볼래?'

똑같다
다르지 않다

중국이 또다시
공자로 세계통일 한단다

세계인이 따라서
'공자 너 나하고 끝까지 한번 붙어볼래?'
할 것이다

마라 마라 그리 마라

그저 읽고

좋은 건 좋다 하고
안 좋은 건 안 좋다 하라

그게
공자다

딴것 아니다

천하통일이라니?

고양이 선생님

나는
오늘 아침
고양이로부터

사냥하는 방식 그대로
사랑하는 기이한
풍광을
본다

배운다
장사하는 판
그 판돈 그대로 이웃을 사랑하는 가슴 뜨거운

그런
착한 경제가
이제 다가온다는

기이한 소식을
아침에
고양이로부터 들었다

선생님

고양이 선생님 감사합니다

할퀴는 줄 알았더니

쓰다듬어주시더군요

저런

쩟쩟 쩟!

우리 집 막내

우리 집 고양이
땡이 이름은
김막내

한 식구다

그 식구가
딸이 없는 집안의
귀염둥이
땡이
암놈 고양이 막내가

그 밑바닥
짐승 주제에

집안에서 그래도
아직도 이 시절까진
제일 높은 어른인 아버지

더욱이

일 중의 일
남자 중의 남자인
선비 일인 공부자리 큰 책상

안락의자에
꺼떡하면 올라가

누워
잠잔다

희한하다

내가
가끔

'이놈-!'
호령해도 끄떡도 안 한다

기위친정.

한자로
己位親政
밑바닥 쓰레기가 개벽 따라서
김일부 선생 정역의
지구 자전축
북극 복귀 얘기다

다시 월파정(月波亭)에 와서

그
2월 6일
오후 세시 반
따뜻하다

올봄은
윤달 삼백육십오 일
해의 카렌다 가고
윤달 없는 유리(琉璃)의 세계 삼백육십 일
달의 카렌다
온다

나
오늘
다시 월파정에 와

그 현판에
정역탑(正曆塔)이란 글자 새긴다
내 마음 안에서

그렇다
윤달 없는, 검은 피 없는
또 부스럼과 동통 없는 월경의
눈부신 흰 빛
물

월파정 푸른 용마루
푸르른 서까래며 처마들 위에
희디흰
물결의
환상

아
정역(正易)이다

기위친정(己位親政)의 십일일언(十一一言)
흰 옷의 백성들
아녀자와 어린이, 노인들이
나 없이도
세계를
사천 년 유리의
춘분 추분 서늘 온화한 세계를
건설하는구나

그렇다
태양시대는 틀렸다
하하
아니다

맞았다

달의
흰 달의 십오 일
보름달이 십육 일
초승달 나올 때에만
태양은 높이 떠
눈부시는 법

만 가지가 가고 만 가지가 올 때
흰 빛의 검은 물
사람 몸 안에
흰 한울과 검은 땅이 하나가 되어
신이
사람 몸 속에
뇌가
아랫도리에
내려와 도리어 위로 새로이
어마어마
솟구칠 때

나
오늘
시골로 돌아가리라

농사 따위
시시하다
은둔

꺼벙하다

내
사십여 년 스스로 억압했던
그림에의
미친 듯한 열정

불태우리
활활활 불태우리

사군자
개신 사군자
판교석파 추사 청미에
차강에 청강에 지하의
표연일엽 정난 한매
모두 다
모두 다

순쌍놈들 개벽 그림으로
개신하리라

저
엉터리 절집의
순엉터리 달마들
내 이제
참으로 번갯불에
콩 구워 먹는 벽암록의
걸찍한 해학 풍자의 몽둥이 찜질

귀소성(鬼笑聲) 귀소성 귀소성으로 바꾸리라

구륵(鉤勒) 몰골(沒骨) 밖에는
가뭇없는 화조(花鳥)를 지나
단원(檀園) 혜원(惠園) 남농(南農) 소송(小松) 다
지나
노겸산수(勞謙山水)
묘연(妙衍) 인물(人物)도 역시 또 지나

아아
끝끝내
아홉 살 영일(英一)이
목포 수돗거리 정환(正煥) 형 핼쑥한
그 얼굴 안에서 사라진
영일이
그 눈물
다시 살려

이 세상에서 동서양에서
아직 있어본 적도 꿈꾸어본 적도 없는
숭고한 춘화도
심오한 봄 그림을
완성하고야
말리라

내 오늘
다시금 월파정에 와
가슴속에

층층 다보탑 같은
정역탑(正曆塔)을 세우며
서원 세운다

내
기어이
한 서투른 화가로서

십무극(十無極)의
십화엄(十華嚴)의
천부풍류(天符風流)의 끝
마고(麻姑) 팔여사율(八呂四律)의 천시(天市)

불함불함(不咸不咸)의
저 현빈(玄牝) 속에 떠오르는
저
흰 그늘의
봄 그림 그려
세우리라

이 지상
이 신세대들의
성적인 저 끝나가는
끝 모르는 천박 벼랑의 검은
열락 속에

흰 탑 하나
우뚝

세우고 가리

나
어김없는
수천 년 가부장제
부자 세습의 남성 권위주의
그 끄트머리
한
남자
이제
드디어
칼을 내려

음개벽(陰開闢)의 소슬한
저 바람 앞에
천지굿 고판례(高判禮)의
저 식칼 앞에

이리가라이
이리가라이의 쉬인 음성 앞에
저리 가지 않고
이리 가리라

바로
이리로

산처럼 드높고
바다처럼 깊고 깊은

봄 그림
흰 그늘의 봄 그림
한 잎 완성하리라

아아
월파정

나의 우뚝한 스승이여

나
오늘 이 시간에야

어찌해
지난해 여름

한 늙은 수녀가
기이하게도
월파정 위에 올랐었는지를
깨닫는다

깨닫고
돌아서
집으로 가며

운다.

하늘은 희고
내 가는 길

겁다.

까치집

모시고
비우고

늘 떠다니는
까치의 둥지

집

내가 거기 접근했을 때
웬 알이 하나
뚝 떨어졌다
깨어졌다

그 안에서 누우런
표식이 하나 나왔다

거기 쓰여 있다
'김씨(金氏)는 모두 망하리라'

무슨 김씨?

김해 김씨?

나?

아니다
또 김씨 있다

바로
너의 원수

그자가 김씨 별족의 원흉
장본인

까치집이다

비어 있는 까치집
지금은
모시지 않는

아무도
모실 것 없는

그 어떤 사상과 주체도
이미 모심에서 제외된

텅 빈 까치집

그자 때문에 망할 것이다

싸그리 망할 것이다

너의
일족만 남고

선량한 검은 까치의
대대적인
숙청을 행하는
한 까마귀

김씨의
새끼손가락

그 김
그 김
그 김

끝이다

불길하다

흉흉하다 끝.

머언 알혼섬

머언 알혼섬
눈부신 흰 빛의 외딴 섬

검은
깊고도 넓은 바이칼
저 거대한
지구의
구멍

그 속에서 솟은 하아얀
공알

오늘 또 월파정 밑에 와
여러 해 전 바이칼에 갔을 때
샤먼 발렌찐에게
묻던 질문이 내게
되돌아온다

'바이칼은 구멍인가?'
'그렇다'

'알혼은?'

'구멍 속의 빛'

'무슨 빛?'

'흰,

눈 부시게 흰,

마치 신(神)과 같고 영(靈)과 같은

새하얀!'

'무얼 먹고 사는가

거기선……?'

'바이칼의 검은 물, 물고기,

물고기의 정(精)!'

나

오늘

호수를 지나며

딱딱한 군대 행렬처럼

팔다리 휘젓고 큰 코 달린 복면 쓰고

시커먼 플라스틱 모자 눌러쓴

여자들

여자들

허허허

보고 웃다가

커다란 흰 농구화 질질 끄을며

시커먼 예복 차림 시커먼 두건 차림

젊은 수녀 한 사람

보기 싫은 팔자걸음 지나는 걸
보다
보다

허허허
웃고 만다

왜들 저럴까?

바이칼에서 부산대 양 교수의 딸
열 살짜리 귀신
유리가

날더러 손가락을 입에 딱 붙이고

'쉬-'
'왜?'
'하늘이 노했어요. 쉬-'

잠깐 뒤 시퍼런 하늘이 화악 뒤집혀
우당탕탕탕-
벼락 때리고 빗줄기 빗줄기 내리 때리고
호수는 태풍 속에서 뒤채이고
사람들은
다 숨어버리고

'유리야 넌 그걸 어찌 알았어?'

유리는 대답 대신
두 눈에 하아얀
흰창만 드러내 하늘 쳐다보았다

오늘
흐린 하늘 밑
월파정 밑에 와 앉아

유리의
유리

사천 년 유리세계를 생각한다

유리세계는 아무래도
유리의 흰 눈
그 애
몸
아래 아래 그 아래쪽

밑의 밑
밑바닥의 바닥에서
올라오는 유리같이 투명한 뇌의 빛

그리해
뒤집어진 하아얀 동자
그
초점의 검은 점
하나

그리로 온다

거기 와
머문다

지금 이월 하순
꽃샘 없이 춘분 가까운

첫봄
하루

내 가슴에 내 눈에
내 몸 아랫두리 속속들이 움트는
푸른 싹들 속에

그리로 온다
거기 와
머문다

유리

너는 올해
몇 살이냐?

어느 한밤에

어느
한밤에

한 깊은 밤에
누군지도 모를 검은 여자
여자 그림자가
내 위에
잠결의 내 몸 위에
벗은 채
덮쳤다

내가
소리쳤다

누구냐
누구냐

누구관대 이러느냐
나는 살아 있다 죽은 사람
아니다

결코 아니다

나는
그 여자를 밀치고
꿈을 깨었다

땀에 흥건한
몸을 수건으로 씻고
후유-
한숨을 내쉬다

문득
방문 쪽을 보다가
화들짝 놀란다

벌거벗은 웬 여자가 거기 서 있다
원망과 색욕에 가득 찬
눈으로
눈물 그렁그렁
나를 쏘아보며

'누누누구욧-?'

내 소리엔 대답 없이 문을 열고 어느덧
사라져 없어진다

이웃집
아주머니다

그날 이후
나는 병이 들었다

기이한 병
낫지도 않는
괴상한 병

나는 매일 밤 마당에 나가
벌거벗고 누워서
그 아주머니 오기를
와서
실컷 내 몸 즐기기를 기다리는

해괴한
미친 것 같은
이해할 수 없는
내가 나를 이해할 수 없는
그렇다고
내가
기쁘지도 그 무슨
보상도 없는 그런

아아
이 기인 긴 몹쓸 병 때문에
나는 드디어
사람이 변했다

무슨 일에든

허허 웃게 되었고

무슨 뜬금없는
어림없는 사태 앞에서도
바보처럼 바보처럼
히히 웃게 되었고

그 무슨
안 좋은 사건 앞에 서서도
때론
늠름하기까지 한

기이한
어른이 되어버렸다

지금도 그러하다

이 또한
병인가

이리 편안함에도
불구인 것인가

때론 점쟁이나 정신과 의사
어떤 때는
스님 앞
부처님 앞에 나아가

중얼 중얼 중얼
이실직고 해보지만
돌아오는 건

허어연 웃음과
침묵뿐

'뭐
어떻다는 거요?
좋지 않소!
그게 도라오!'

이런다

알 수 없다
그러나 별수도 없다

언젠가
어느 책에선가

뤼스 이리가라이라는 정신과,
종교학, 시학, 여성학,
그리고
매우 어려운
철학
동서철학의 혼돈학 융합의
새 길 연다는 아름다운
멘토의 글을

읽다가

바로
이러한 내가 다름 아닌
동아시아에서 배로 육세기에 걸쳐서
지중해나 남불
스페인
그리고 바스크 지방에 진출한
훈

파미르 키르키스 한 족의 한지파인
훈족의

한
예언자
한
모험가라고.

그리하여 그가 씨 뿌린
모계 혈통의
한 기이한 기이한
평화의 남자

여성적인 혼돈으로 제 가슴을

장식한
미륵불

그 비슷한 종류의 사람.

나는
지금도 찬성하지 못한다

민족은
파미르에서 동으로 동으로 왔지
서쪽으로 간 적은 없고

동아시아에서
배로
그 시절에
스페인까지 간 항해의 역사는
지금껏
있지도 않은 것.

어느 날 캄차카의
페트로 파블롭스크 역사박물관장
비테르 박사 왈

러시아 언어학자
볼고진이
일체 상호교통도 없는
스페인 바스크와
캄차카 남부 원주민
이텔멘의 언어 수십 종이
똑같은 발음 똑같은 구조인 까닭이
언어 자체의 중력인
육체성 때문이라 했다고
그것은

곧

혼돈의 질서

그것은 곧 파미르의 마고성 시대
팔여사율의
빈 천공의
성운군
천시원의 소리 소리 소리
그 소리의
우주적 육체성에서 비롯된 것이라고
알 수 없는 그러나
소름 끼치는 소리 하는 것을 들었다

길고 긴
나그네의 시절을 지나

인류는 이제
내 안에서
내 몸 안에서

이웃 아주머니의 철없는
육욕에 몸을 열어주는 나의
철없는
혼돈 안에서

단 한 번도 눈빛 마주한 적 없는
단 한 번도 손 잡아본 적도 없는

단 한 번도 의식해본 적도 없는

그런 사이에서
갑자기
몸을 열고 살을 섞어
빨고 핥고 헐떡거리는

지금의
밤의
풍경들이 결코 우연이 아닌
그렇다
수십 세기
수백 세기 전부터 시작된

여자 음경 속의
월경의 신비
삼백육십오 일의 윤달이 없어진다는
올해 칠월 이십이일 일식 때
동북아시아에 나타난다는
그 윤초 속에서
없어져 시작된다는
후천개벽의
징조들이었다는.

그리하여
오는 날

마침내 열리는 하늘 땅 음과 양의

저 굉음 같은
대지진 대해일의
천지 진동과 더불어

누구나
남녀는
원하면 서로 몸을 스스럼없이 열고
서로서로 낯선 이들끼리
꽃 꺾어 턱 밑에 바쳐

벌거벗은
사랑은 예쁘게 장식하고 그리고
미소 한 번
빙긋
나누고
헤어져 아득히 잊어버리는

때로
한울은 이들에게
예수 같은 이를
석가 같은 이를
점지키도 하지만

때로
한울은 이들에게
알 수 없는 병을 선사하기도 하지만

원망 같은 것

후회 같은 것
계산 같은 것
눈치 같은 것
아예 없다네

한스러움 같은 것 죄의식 같은 것
그런 것 도리어
우습게 여긴다네

어떤가
자네씨

내 이야기가 괴이쩍은가

괴이쩍다면
들어보게

이천 년 전 신라 적에 만든
아무 인연 없는
귀족의 부인
어여쁜 젊은 수로의 몸을 보고
늙다리 영감 하나
발기도 못하는 주제에 절벽에 올라
진달래 꺾어
바칠 테니

한번
벌판에서 몸을 섞겠느냐는

그런 난데없는 프러포즈를
아 아름답다!
아 그윽하다!
아 자유롭다!

수천 년 뒤
주책없는 서정시인 서정주 왈
그런 주책에
하늘이 부르르 떨렸다고
주책 맞은
서정을 농했었겠다!

나
오늘
흉흉한 말세를 맞아
앞으로 올 새 시대의
결혼제도를 생각하다

이런
결론에 이른다네

일부일처는
옳다

그러나
숨은 차원의
자유로운 멀티파트너십도
옳다

반대하는가?
정말 반대하는가?

하시게나
실컷 하시게나

문제는
우리의 완고한
낡은 윤리 때문
그 때문일 뿐
현실은
이미 그리로 가고 있다네
모조리
청소하고 싶은가
싸그리
숙청하고 싶은가
가차없이
쏴 죽이고 싶은가

하시게나
실컷 하시게나

이
이
이
파시스트 남정네!

뒷골목에서

대학 앞 흰 거리에서
애들이 웃는 줄
연인들이 입을 가리고
눈짓을 해가며
비웃고 있는 줄

모르거든
해보시게나

나는 오늘
편안한 마음으로
이 길고 긴 타령을 엮어

신라시대 이전
고조선시대 이전
마고시대 신시도 천시시대도 그 이전
난 잘 모르는 그 옛날
아낙이
사내 몸 위에서
소리소리 지르며

지나간 배암과
파충류와 때로는 푸른 용들의
서로 맨몸으로 얽히어
용화와 우로보로스의
서계라는 것
결승이라는 것

둥근
반지라는 것

그윽이 꽃피우는
그 시절을
노래 부르는

나는 잘 알 수 없는
이 시절 뒤 가까이 다가오는

새 시대의
사랑 노래 속에
단 한마디
다음과 같은
외침이.

여성은 남성에게
정조를 약속한 적 없다

또 한마디 붙여

여성은 이제 남성에게
새롭게 열린 여러 쌍의 반지를
약속하려 한다

또 한마디 붙여

모든 남성은 이제

모든 여성을 가져라
그러나 소유하지는 말라

날 저무는 노을녘
작은 집으로 돌아가는 암컷 수컷
한 쌍의 짝짓기를 시새워 말라
단 한 순간도 부서트리지 말라
생명 있은 뒤
부부라는 이름의
그 한 쌍의
반지는
곧
질서 자체
한울의 질서
부처의 지혜
그 자체.

아아
두 가지 반지의 시절이 온다
보름달과 초승달의 두 가지 달이 겹치는 아아

나는 조용히
이 소리를 들으며
편안히 편안히
잠들기 시작한다
이불 속에서 온통
벌거벗은 채 편안히.

잠 속에서 편안히

화엄경 속 해탈 장자의 목소리를 크게 듣는다.

기축(己丑) 2009년 1월 28일 밤 10시

첫 유리

아리따운
저 유리에도
첫 것과 마지막 것이
있는가

있다
뿐 아니다
첫 것의 예감 유리조차 있다
그래
나는 보았다

재재작년
하바로브스크 오호츠크
아무르와 일크츠크 바이칼에서

한겨울 최저
영하 5도
한여름 최고 섭씨 15도

온화하고 서늘한

춘분추분의 유리세계
오고 있었다

삼사 년
사오 년 간격으로
천천히

그래
올 기축년 소해
칠월 이십이일 대일식의
윤초 고비로
윤달 사라지고

동지 하지
무지 춥고 무지 더웁던
북극 풀리고 적도 얼어붙는
그런 날씨 천천히 가고
이제
서서히

유리세계 사천 년
착한 경제
따뜻한 시장

비단 깔린 장바닥 세상
오기 전
첫 유리

나 지금이 그 첫 유리
그런 시절이다

이제
호수공원 가는 길

새벽 예절 때
오고 있는 저 차 조심하라는
아내 경고
들려

긴장했더니
긴장했더니
조심만 하면 모심만 잘하면
그 차
활짝 미소 짓는
한
여성팬의
밝은
인사의 차

안심이다
그래 이제 양명이다

첫 유리
가슴 한복판
몸 구석구석까지

미움 짜증 경계심이며
자그마한 분노조차도
이젠
없다

가히
첫 유리

내 아내 금선(金仙)으로
내 머리 갈겨
조실(祖室) 노릇한

정월 이십날
줄탁(啐啄) 뒤부터

그날부터다

좋다

每日是好日
봄이다.

밀교(蜜敎)

머언
옛 고려 때
한 밀교 승려가
나라를 개혁하려다

땅 많이 갖고
벼슬 높고 도덕 높고
돈도 많은
선비며 고승들에게
갈기갈기 찢겨 죽었다

신돈(辛旽)

그는 누구였던가?

그는 그저
추한 호색한일 뿐
음험한 혁명괴물일 뿐
참
지금도

지금까지도

그저 기피 인물일 뿐인가?

나는 그래서

그런 불교가 별 재미 없다

지금이

어느 때인가?

조금 웃긴다

내

이래서

젊어 불교를 관심했음에도

동학으로

내 집안의 쌍놈의 사상으로

기울었던 것

신돈은

신돈 이상이다.

그를 따라 금강산 지리산에

오백 년을 내내

비밀결사를 묻어

육체와 삶과 제도를

뒤집어 개혁하고자 한 하급 승려들

당취(党聚)가 내내
조직되고
활동하고
잡혀가 죽고 매 맞아
병신이 되고

운주사 입구 중장터는
그들 당취의
마당

나는
첫눈에 안다

나는
첫눈에
그들에게 반한다

오늘
불교 고전을 깊이 공부한 참으로
고전적인 교양을 지닌

내 아내가
'밀교를 조심하라'
'신돈을 조심하라'

'당취를 조심하라'

'적을,
원수를,

비판자를
절집 안에 만들지 말라!'

주의 준다 주의 준다
시난고난 근심한다

내 방에
돌아와
가만히 앉아 생각한다

나의
강토봉재를 생각한다

하하

모든 것은
시류(時流)다

그때는 그래서 그랬고
지금은 이래서 그렇지 않다

2012년
마야달력의 검은 저주는
결코 헛것이 아니다

올 기축(己丑)년
7월 22일 무윤력의 윤초는
달이 해를 뒤집고

회음(會陰)이 화엄(華嚴)을 개벽(開闢)하는
대복승(大復勝)의 때

자칭 고승대덕들의
높고 드높은 대뇌 달마선 산정(山頂)의
정신주의 윤달들이
싸그리 모조리 장바닥에 내리는 때

두려움 없어라
내 갈 길 화안히 열렸어라

다만
내 아내의
근심만은 조심스레
모실 일만
남았어라

차라리
이렇다

바로
내 아내의 근심을
조심조심 모심이
허나
모심에도 무심함이

다름 아닌
화엄선 다름 아닌 신돈 개혁

다름 아닌 다름 아닌

당취의

기인 긴 눈물 나는 기인 긴

붉은

넋

그것이매

아아

수운 선생님

참

그렇다 아니다

아니다 그렇다

불연기연(不然其然)이로소이다.

선(禪)

어느 날
황량한
내 마음의 벌판에

바람이 왔다
禪

감방에서다

새벽은 푸른 별

노을엔
붉은
꽃의 감각

그것 없이 그저 허허한
나그네 길
禪

나는 너무 지쳐서

미친 내 정신이
너무
고달파

너무 심한 어둠의 지배
너무 가혹한
독방의
외로움

외로움으로부터
뛰뛰어 벗어나기 위해
위해

놓아버린
삶

禪의 하루하루
백일

끝내 삶은 죽어
죽음은 살아

흰 벽에 검은 꽃무늬
검은 그늘 속으로부터 하아얀
빛

흰 그늘의 날이
와

삶도 죽음도 아닌
백 일째

너의 피살 소식에
내 가슴
저 밑에서 오르는
세 개의
풍선

첫 풍선의 이름은 도피
둘째 풍선의 이름은 가학
셋째 풍선의 이름은 쾌락

그래
네 마음이 아닌
네 죽음 직전의 마음의
풍경

알았다

시대는 바뀌고
삶은

그
근본에서 새 물결에 휩쓸리고

이제
남은 것은

해방뿐

禪도 묶임도
그리스도도 부처도 없는

삶이 곧 해탈이요
물질이 다시 없는
신령인

복승(復勝)의 나날
유리(琉璃)의
사천 년

기다리지 않아도
다가오는
달

십오일 보름달 속에서 태어나는
십육일 초승달의
희미한
하나
가득한 가득한
빛 속에

내 아름다운 젊은 날의
한 밤

수원농대 밤 한시

바람이 불러 끌려 나간
그 앞
신작로

한없이 뻗어간 하아얀
길
우주 저편으로 사라지는
그림자 따라
한없이 가없이 걷다 걷다
지쳐 돌아온

그 스무 살의
빛

검은 빛

기억한다

禪은 기억 禪은 기억의 황폐한
기억의 폐기
기억의
禪은 기억의 부활

나 이제 네 힘으로만 살아 있고
네 힘으로만
참
죽음에 가까이 가리

어느 날
삿갓봉 아래 흩어질 때

마지막
독버섯 아닌 마지막
진달래로 피어나리.

나의 윤초(潤秒)

오늘은
나의 윤초

내가 믿거나 말거나
천지는 돌고
천지는 뒤집히고
천지는
제 갈 길 가서
이렇게
돌아오네

오늘은
나의 윤초

내가 나를 미워하건 말건
네가 나를 멸시하건 말건
천지는 이렇게 내내
윤초의 날을
안겨주고
어딘가로 간다

가지 않고

숨는다

숨지 않고 그저 어딘가 있다

나는 나에게

묻는다

이제 어쩔 것이냐

윤초는

곧

개벽이자

화엄이니까.

기축(己丑) 2009년 2월 26일 밤 10시 30분

그리고 또한

그리고
또한
이렇습니다

이런 일들이 있습니다

여러분이
너무
잘사시고
너무 깨끗하시고
너무 행복해
모르지요

이렇습니다

가난한 이가 가난한 것은
세상 때문입니다
마음 때문
아닙니다

이 뻔한 얘기를
이제껏 우리는 뒤로 미뤄왔지요

이젠
합시다

게을러서라느니
복이 없어서라느니
제 팔자라느니

이제 이런
헛소리는 치웁시다

세상이 고르지 못한 탓
노력하면
고칠 수 있는 것

뻔한 것

그렇지요 여러분은
유복하시니 그것 더 잘 알고
더 잘할 수 있습니다

시장을 바꿉시다
시장을 장바닥에
비단 깔아 사람을 그 위의 사람을
한울님으로 모십시다

착한 경제 얘기요
따뜻한 자본주의 얘기요
호혜시장 얘기지요

시장 때려 부수자는 옛날
저
멍청한 깡패들 얘기
아니지요

그런 게 어딨어요
그런 건 이 세상에 없어요

사람이
나무에서 내려오면서부터
시장은 있었어요

남은 건
우리가 시장을 우리의
계꾼들 우리의
품앗이꾼들 우리의
이웃사촌들
애인들
애들
개들 고양이들 닭
돼지 오리 새끼들모냥
화초모냥 라일락모냥
가꾸자는 것

그거지요

안 될까요?

세상은 그리로 가요
안 가는 것 같애요?

오바마요?
힐러리요?

그리 가고 있어요
안 가고 배겨낼 것 같애요?

포올 크루그먼 아시죠?
미국 경제통!

크루그먼 가라사대
'착한 사람이
돈 번다'

크루그먼 가라사대
'착해야 돈이 따른다
요즘 돈은 눈이 달렸다
눈만 아니라
코도 달렸다
착한 냄새 맡는,
어진 표정 알아보는'

후라이라고?
크루그먼 어록 검토해보세요
그 말이 그 말이지
허허허

다아 그래요

근데
이 나라가
그 방면엔
제일 빠르다는 거죠

아세요?
기억나세요?
시골 오일장 생각
안 나요?

기분 나쁜 놈 비싸게 받고
좋은 놈 불쌍한 놈은 일부러 불러서
싸게 파는
그
옛날
신시의 잔영

그거 다시 살린다는 거 아녜요

누가요?

오바마가요?
힐러리가요?

미국이 그런 전통 있나요?
그런 신화가 있나요?

미국 신화는
마릴린 먼로 아니에요?
겨우 겨우
링컨 케네디
그리고는 오바마 자신!

허허허허허

그러니
우리가 먼저 가야죠

신시
그게 바로 호혜시장
신시
그게 바로 착한 경제
신시
그게 바로 따뜻한 자본주의

그리고
신시
그게 바로 마르크스 가라사대의
'독일 이념'이랍니다

그 말이 그 말
잘 다시 읽어보세요
공부 좀 하시구요

별것
없어요

내년엔 가난 끝나요
그 대신
마음보 고쳐요

허허허허허

가난은
마음 때문 아니에요

요즘
윈프리가 뭐랬다죠?
흑인 가난은
다 제 탓이라고요?
허허
이제 되게 욕먹을 거예요

그런 말 하는 바로 그 마음
그걸 고쳐야 돼요

허허허.

나의 살던 고향은

나의 살던 고향은
꽃피는 산골

이것은
옛 노래
지금은 그렇게 노래하지 않는다

내 고향은
남쪽

그 남쪽은 반란의 나라

옛 이용악은
제 고향
북쪽을

여인이 팔려간 나라라고 했다

어디로
팔려갔나

용악은
코리안이 아니었다

내가 대학 때
민족주의에 관심이 컸을 때

항용
용악의 이 구절에서
무엇인가
목에
울컥 오르는 게 있었다.

그는
누구였을까

지금 그는 누구일까

단일민족이라고 배웠다
내내 우리는 그리 교육받았다

그러나 오늘
그것이
얼마나 우스우냐

또 맞지도 않는 말이냐
거리를 가다
베트남 사람 방글라데시 사람
어떤 때는

파키스탄 사람도 본다

그들은
코리안이 아니지 않느냐

여인이 팔려간 나라
여인이 팔려간 나라

어디로?
어디로?

그러면 그 남쪽의
그 반란의 나라는?

나는 요즈음에야
기자동래설(箕子東來說)이
얼마나
엉터리인가를 알고
깜짝깜짝 놀란다

중국 사람들 흉계던가
유교 지식인들 간계던가
무지한 사대주의의
장난

한심한 순수다

이즈음에서 그렇다면

어저께던가
제 고향으로 돈 부치다가
한국 남편에게 매질당한
필리핀 여인

그 여인의 몸 안에
아이가 살고 있었음을 생각한다
'한울님을
치지 마라'

'한울님인 아이를 모신
한울님인 부인을 치는 것은
한울님을 두 번 치는 것.'

아

이 말씀은
해월 선생님

코리안이다

내가 나를 미워하기 시작한
이유다

나는
내가 밉다

내가 나에게 반란을 일으킨다

내가

왜

남쪽 사람인지를

이제야 안다

용악이 언젠가

보신각 앞에 술고파 떨며

술 사줄 친구를 기다리듯

나 역시

대학 졸업 뒤

중앙일보 뒤편

다리 저는 한 친구 술집에서

술친구를 기다리며

혼자

중얼거리던

한 구절이 있었다

'남쪽 북쪽

서로 기다려

바람이 바람이 그 사이를

스쳐

이 나라

어느덧

온 세상이 되어

가난이 우릴 온 세상으로 너른 세계로
이끌고
또 이끌어'

나의 살던 고향은
꽃피는 산골.

영화에 대해서

比

70

내가
너에게
한마디 하는 걸

용서하라
현직 영화감독인
너
옛 친구의
아들

혹은 딸

이렇게 되었다

세월이 이만큼 흘러
나는 이제 노인이 되어
너희들에게
아니
너에게
한마디 하게 되었구나

용서하라

용서하라고 했다

마음에 들지
않을 것이 뻔하니까 말이다

뻔하다는 것
이걸
말한다

부디
뻔한 것을 뻔하지 않게
카무프라지 하지 마
그것
악이야

추가 아니라 악

그건
기본이 예술 아니니다

왜냐면
추는 엄연한
미학이고 악은
윤리니까

너에게

이제 와
참으로 필요한 것은
조국도 민족도 아닌

너 자신의
심층무의식
집단무의식
우주무의식

바로 집단무의식이 다름 아닌
조국이요 민족이요 조상들이다
걱정 마

무의식은 세 층위
거기
다 있다.

내가
이렇게 단언하는 건
오래고 오랜
참으로 오랜

시련 속에서
끝없는 고통 속에서
마음과
씨름해왔기 때문

책 몇 권

강의 몇 줄
주워 들은 풍월 몇 마디
아니야
오해하지 마

이부영 선생하고는
여러 해
꿈 분석까지 했다
이철, 원주기독병원 신 박사
또
누구
누구

그렇다
칼 융, 프랑스 쪽 라깡
독일 프로이트, 미국 행동심리학

다 거쳤어

뭘
배웠느냐고?

동아시아의 마음
그 마음 이론의
심오함

그것만이 해결책이라는 것
누구의?

불교.

그리고 선도풍류와
역(易)의 생명학

나아가
또 하나 역(易), 정역(正易)과 수운 해월의
개벽
그리고는 또 풍수며 사주며 명리며
비결들 산경표 경락이론
기혈
단전

거기에 기철학

끝없어

하지만 크게는 불교와 동학
그거야

어째서
내가
너에게 이 편지 쓰는가

이래서야

공부!

그것 없이는 영화 없어!
에이젠슈타인이
질 들뢰즈가
씨네마 베리떼의
여러 감독들이

공부 없었으면
그 영화이론 나왔을까

너는
너희는 너무
게을러

게으르기보다 사기꾼이야

사람 마음 공부 없이
무슨 극영화?

인간 생명과 기(氣)와 영성과 신(神)과
나아가
텅 빈 만물의 밑바닥
부처의 무궁(無窮) 무극(無極) 무한(無限) 모르고

그 무슨
영화?

영화는 눈인데
눈은 영혼인데

그럼에도 육체요 물질인데

이제
아시아 네오 르네상스는
그 물질로부터
숨은 우주무의식이 솟아나오는
배어나오는

그래
복승(復勝)으로 결판나는 건데

그런데
그 공부를 안 해?

얼렁뚱땅
현장 콘티로 사기 쳐?

사기?

허허허

꿈도 야무져라!

시비 걸지 마!

지금 너
이 글 쓰는 형식이
시 쓰는 형식인 걸

시비 걸고 있지?

시비 그만 접어!

시가
가장 잘 가슴에 파고드는
편지 형식이어서
쓰는 거야

시를.

빌리는 것 아니야

시
따로 있지 않아!

시
저기 저
서푼짜리 문청(文青)들
깨작거리는 원고지 근처 아니야

나
오십 년 써왔어

믿어
시는 도처에 있어
살아 있어

네 가슴에
네 메가폰에
네 표정에
네 배우의 몸 안에
카메라에
트랙에

공중에 세트에
스케줄에 시나리오에
어디든 살아 있어!

지금
내가 쓰고 있는
내 일
네가 쓸

시 안에
새 시대의 문학과 미술이 만나
컴퓨터와 컨셉터가 만나

신과 부처가
십이연기법(十二緣起法)과
천부경(天符經)이
모실
侍
한 글자

네 몸의 맨 밑바닥

회음(會陰)에 뜨는
별

그래
거기가
포토제니의 첫 샘물
거기에서

새 혁명
새 문화혁명
새 문화혁명에 의한
화엄개벽(華嚴開闢) 일어나는 곳
'모심' 이외엔
기후 혼돈 생명위기
외계 행성들의 지구 충돌
면할 길이 없다

내 말
신중히
들어!

그땐 영화 같은 건 없어!

호킹 말처럼
외계 탈출밖엔
없어
러브럭 따라
북극 도망갈 여지도 없어

북극
다 녹아서 배 다니고
적도는 얼어서
눈 내린다

이 지구의
'아니다 그렇다'가
몽타주 대신
네 카메라의
문법이다

변증법은
반만 맞고 반은 틀려

정반(正反)은 있지만
합(合)은 없어
합(合)이란 복승(復勝)의 착각이다

신(神)을 불(佛)을 무궁(無窮)한
생명과 영을

조직할 수 있다는
서양인들의
너무도 유치한
꿈
때문
그뿐이다

회음(會陰) 모심 위에
가슴팍 텅 빈
공(空) 따라
모두 다 비움!

제발 깨어나라!

난 간다.

허무를 반면교사 안 삼으면
허무 탈출, 몽타주 탈출은
또한 허무다!
워낭소리, 낮술 잘 익히도록!

속소리

사기 치지 마라
만들려고 떼쓰지 마라
이리저리
뜯어고치고 갖다 붙이고 빼고
지랄하지 마라

시란
속소리
속소리는 고칠 수 없는 것
그냥
그대로
놔둬라

내 시쓰기 이제껏
오십 년
별 고비 다 넘겼지만
그따위
사기 쳐본 적 없다

그러나 내가

그렇다고
내 깊은 곳 속소리
그대로 내보낸 적도
그리 흔치 않다

이제
세월은 변했다

막말이 표준어가 되었고
쌍소리가
공경

비트는 비트는
소리 소리가
애무다

정신 차려라

15세기
이탈리아가 그랬느니
르네상스의
전날 밤
어둠이요 추악이요
범죄의 기쁨이었다

깊이 숨어 있는 마음이
깊이 숨어 있는
옛
글들

그 속을 통해서
나오신단다
속소리
그것을 쓰라

그때
밤이 밝으며
숭고하고 심오한
새 시대의
참 시가 열리리

나
그곳으로 가리
함께 가리.